那人却在灯火阑珊处

说不尽的《人间词话》

张肖肖 著

中国出版集团 现代出版社

目　录

前言　尘世漫漫，莫负情深

北平的深秋，西山银杏于古厝中披金挂月，落木无边；南半球的初春，蓝花楹在干净的道路旁苏醒，落紫流光；大峡谷的隆冬，红豆杉在盛雪中凝然独立，素裹银装；台南的仲夏，凤凰花木染红了霞光，花火流年。游走人间寒暑春秋，每每路过树景香花，心中总有这样的诗句缠绕：

佛于是把我化作一棵树，
长在你必经的路旁。
阳光下慎重地开满了花，
朵朵都是我前世的盼望。

席慕蓉笔下这棵开花的树，遭遇过狂风暴雨，沐浴过高照艳阳，枝繁叶茂过，乱红颓败过，而令人念念不忘的，永远是它那作为树的骄傲和作为花的深情。

你我相遇时的眼波流转，是我前世种下的执念；你我邂逅时的惊鸿一瞥，是我五百年未解的尘缘；你我擦肩时的匆匆回眸，是我一整颗骤然凋零的心。

漫漫尘世，你可知这深情背后的思念，皑皑似雪。纵使时光遥遥，飘零落艳，只要深情依旧，碧空便不负流年。

尘世漫漫，最让人柔肠百转难以割舍的莫过于“情”字。古往今来，多少人在情的结界中饱受羁绊，多少人在情的人世间苟且偷欢，又有多少人能在情的世界里安然坦荡。

同样说相思，李白说“入我相思门，知我相思苦，长相思兮长相忆，短相思兮无穷极，早知如此绊人心，何如当初莫相识”；张仲素说“相思一夜情多少？地角天涯不是长”；李煜说“知我意，感君怜，此情须问天”。一把相思千般颜面，个中苦甜，不知是应问苍天还是应问心间。

同样送友人，薛涛说“谁言千里自今夕，离梦杳如关塞长”；李白说“飞蓬各自远，且尽手中杯”；王昌龄说“忆君遥在潇湘月，愁听清猿梦里长”。把酒欢歌，对长亭晚，曾经的光辉岁月，是否真能成全地久天长。

同样是感念过往，苏轼说“十年生死两茫茫，不思量，自难忘”；元稹说“曾经沧海难为水，除却巫山不是云”；王士祯说“江南红豆相思苦，岁岁花开一忆君”。

此去经年再回首，望向遥远路途的伊始，你可否还识得当年那张青春的脸？是宁静村落里梳长辫儿的温柔姑娘，是笑容里带着阳光的少年，还是血气方刚局器不羁的老炮儿。见过沧海之后的你，是否依然怀念着只取一瓢饮的清凉？

自古以来，诗词抒情，小令添欢，文人骚客们总能在文字中抒遣情思万缕。爱情、友情、亲情，这些都是我们久说不厌的主题。而每一份深情的背后，都有一个独特的故事，这个故事在漫漫尘世中经年回转，个中泪笑也为后人所唏嘘。

林夕说：“我们都是风雪赶路的人，因为相遇摩擦，融化了彼此肩头的雪花，而后因为各自的路线不同，相距越来越远，雪花再覆盖肩头。”

人生尽是山高水长，孤鸿唳远，一笔糊涂账，半世情仇缘。相遇可以没来由地兴高采烈，作别又何必解释所以然。言简意赅存侠气，江湖相忘无话痨。心伤过的人，不如蹙眉凝神听古琴，在午后的阳光里，一杯清茶斟满，细细赏味一首小词，顷刻间，梦回烟雨檐廊，秋明月凉，箫声如诉，江山丘峦，美人颦笑，深情悲欢，岂不快哉？

太多光阴里的红尘往事纷飞缱绻，一个微笑或许就是一生一世，一个转身也许就是无涯永诀。这些诗词，就是时光的箴言，不管过往是明媚还是蹉跎，我都愿以自己的方式来纪念曾经泪目的相思，和心内最远方的风景。

本书选取最“情深”的文字，以轻盈独特的现代女性视角，本着对“美”的单纯诉求，重新诠释和挖掘“深情”背后的故事。

文思落笔，难免有所缺失，这本书将尽量以原作者的时代背景和心意为主导，放逐自我，带你一起玩味诗词中的人情与美景、失落与期待，无法再圆的梦，发着美好的光。

此时此刻，不论你是在星光弥漫的深夜，还是在霞光将近的黎明，在孤单思索未来，还是在追忆流年似水，都愿翻开书卷的你，在尘世的款款深情里，得偿所愿。

卷一

愿得一人心·白头吟

白头吟

汉·卓文君

皑如山上雪，皎若云间月。闻君有两意，故来相决绝。
今日斗酒会，明旦沟水头。躞蹀御沟上，沟水东西流。
凄凄复凄凄，嫁娶不须啼。愿得一心人，白头不相离。
竹竿何袅袅，鱼尾何簁簁！男儿重意气，何用钱刀为！

蜀地自古山清水秀，人杰地灵，司马相如就是这片神奇土地中走出来的才子。鲁迅对其才华盛赞："武帝时文人，赋莫若司马相如，文莫若司马迁。"历史上，这个名字和一个女子紧紧相连，几千年不断离，这个女子就是卓文君。

司马相如年少时喜欢舞刀弄剑，在父母俱亡后，他便把仅有的家产变卖，买了一个武骑常侍的官职。但他又热爱诗文，尤其爱作赋，武官做得并不尽兴，因而没多久就主动请辞，奔赴梁王门下担当幕僚。并因此得以结交枚乘、邹阳等当代辞赋家。

文人相交，以文为准。司马相如以道家思想为基础创作了《子虚赋》。《子虚赋》文辞绚丽、语言精美，在当时引起一阵轰动。可惜当朝天子并不爱辞赋，所以司马相如颇有伯乐难遇的哀愁。

听闻司马相如的才名，梁王请他作赋一篇。司马相如提笔写下《如玉赋》夸赞梁王，辞藻华丽，气韵优雅，使得梁王非常开心，还把自己收藏的古琴"绿绮"赠予司马相如。

"绿绮"是一张由名匠人精选材料所制之物，司马相如精湛的琴艺和"绿绮"的绝世妙音相得益彰。

后来梁王因病故去，司马相如离开王府，回到了他的家乡四川临邛。重回家乡的生活一度十分艰苦，但司马相如仍坚持抚琴看书，这种安贫乐道的行为，在乡里被传为美谈。

临邛令王吉是司马相如的故交，十分仰慕他的才学，邀请他到自己的府中居住，却被司马相如婉拒。后来，王吉日日来拜访司马相如，相如都称病回绝，王吉却越发地恭敬起来。

当时临邛城有一巨富卓王孙，祖上以冶铁致富。等秦统一天下之后，卓家辗转到蜀地避祸定居，仍操持旧业。汉代文景之治，与民休息，不加赋税，卓家因经营有效，财源滚滚，到卓王孙这一辈已是拥有良田千亩的巨富之家了。

卓王孙有一个女儿卓文君，罥烟眉如黛，目藏星辰海，娇肤皑如雪，柳腰挽风来。卓文君自小跟随先生读书识字，颇有才气，奈何运气不好，嫁人不久，丈夫去世。年轻守寡的她，回到了娘家。

司马相如到临邛府的消息传到了卓王孙的耳朵里，他想借机结交这位大名鼎鼎的蜀中才子。卓文君听闻父亲要请司马相如来做客，甚是好奇，她站在客人们宴饮的屏风后面，偷听谈话，想要打探司马相如的才华。

才听了一席话，卓文君就被司马相如优雅的谈吐所吸引，想要目睹司马相如的样子，一不小心却弄出了声音，被父亲请了出来。卓文君大方地向在场所有人行了一个礼，冲司马相如粲然一笑，便退开了。司马相如只觉眼前的女子如天仙一般曼妙美好，有种莫名的情愫在心底悄悄发芽。

宴席间，司马相如忍不住向王吉打听卓文君的故事。听闻她新近守丧，心里竟十分高兴。这芳名和脸庞深深地印在了司马相如的脑海里，只要想起来，他就辗转难眠。正如元代汤显祖所说：“情不知其所起，一往而情深。”

之后卓王孙再请司马相如去做客，他欣然赴约，还把“绿绮”也带在了身边。宴罢，司马相如提出要弹一曲以助兴，众人都十分高兴，他便别有心思地弹了《凤求凰》。

琴声杳渺，卓文君正在后屋听他们谈话，《凤求凰》的琴音让她心如撞鹿，原来不只妾有意，郎也有情，于是偷偷地命丫鬟去传达心意。

司马相如听到丫鬟的述说，心下大喜，但他也知道自己是一介穷书生，家徒四壁，实在没有什么本事可以提亲，卓文君又新丧守寡在家，这桩感情要想如愿只怕难上加难。

为了能和心爱的人在一起，卓文君当夜就做出决定——私奔。

等卓王孙发现卓文君跟着司马相如私奔时，已是翌日中午，他大发雷霆。虽然汉朝守贞的观念还没有后来的朝代那样严苛，但作为富甲一方的大户人家，女儿竟然和一个穷酸书生私奔，卓王孙实在是觉得脸面上过不去。他声称女儿要是不回来，就和她断绝关系。

而这一切，卓文君都已经料想到了，但是为了自己的心上人，她选择无畏地追随。司马相如的家里真是穷困不堪。他的父母已经去世，家中财产早已变卖，没有谋得好的职位的他一直郁郁不得志。

此时司马相如有些后悔，他恨自己一时冲动，让卓文君跟着自己受苦了。卓文君看到这般光景，不禁掉下泪来，如此有才华的一个人，却过得这般清贫，想来也是心酸。

由于二人在成都实在无法维持生计，卓文君便与司马相如回到临邛。她拿着私奔那日偷偷带出来的首饰换了钱财，设法开了一家酒铺。昔日的富家千金如今系上了围裙，站在酒铺门口招揽生意，迎来送往。司马相如也不得不抛下诗书，在店铺里帮忙。二人日子虽然过得紧紧巴巴，但心心相印，虽苦犹甜。

卓文君当垆沽酒的行为让做父亲的卓王孙感到非常耻辱。宝贝女儿明明可以在家做个小公主，现在却要饱尝风雨，成了个开酒铺的妇人。但当大家看到小夫妻每天在和睦的气氛下生活着，议论也渐渐少了。

在亲朋的劝解下，卓王孙对宝贝女儿也实在是无可奈何，只得出资百万，让卓文君和司马相如不再受奔波之苦。卓文君和司马相如在收到父亲的钱财和嫁妆之后，回到成都，盖房置地，安心地过起了日子。

不久，汉景帝薨，其子汉武帝刘彻即位。

在一次偶然的机会下，武帝看到了司马相如所作的《子虚赋》，十分喜欢，并被其中瑰丽的想象折服，以为这是一位古人的作品，感叹自己不能面见作者。在他身边当值的仕臣听见皇帝的话，不禁大笑，对汉武帝说，这个作者还活着，而且还是他的同乡。汉武帝大喜，不久司马相如就接到了面圣的旨意。

看到一表人才的司马相如，武帝大喜，请他为自己讲解《子虚赋》，司马相如知道自己遇到了伯乐，于是自信地跟刘彻说："《子虚赋》只是描写诸侯王打猎的事情，哪里能和天子打猎相比呢？我要写一篇天子打猎的文章，献给陛下。"

这就是《上林赋》，又称《天子狩猎赋》，气势宏大，想象瑰奇，文本假托"子虚先生""乌有先生"等人物之口，歌颂了汉武帝为统一中华所做的努力和贡献，歌颂了汉朝的繁荣。汉武帝看到这篇赋作之后，心情大好，册封司马相如为博士郎，颇为倚重。

就在司马相如在京城大受封赏之时，卓文君还在成都苦苦等待夫君在京城安顿好，把自己也接过去。

司马相如在京城受到皇帝器重，一时声名鹊起。京城的繁华让他迷住了眼睛，每天上门送拜帖来请他做客的人都快把门槛踏破了。也是在这段时间，司马相如被一位京城名媛迷了心神，渐渐对自己的发妻心生嫌恶之感。新欢也是世家女子，不可能委身给自己做小妾，于是他萌生了休掉卓文君的想法。

卓文君得知消息后，伤心不已。略加思索，提笔写下《白头吟》，表达自己内心的忧愤。

皑如山上雪，皎若云间月。闻君有两意，故来相决绝。

此刻的我，心情白净得像山上晴雪，纯洁得像云间明月。听闻郎君有意毁弃我们之间的婚约，想另外再续娶她人，所以我写来这封信与你告别，此生情绝。

今日斗酒会，明旦沟水头。躞蹀御沟上，沟水东西流。

回首向来处，我们曾整晚在酒会上开怀畅饮，清晨你曾牵着我的手，一起越过野花盛开的沟渠回家。溪水里静卧着一对鸳鸯，任由溪水从东流向西，这两只鸟也不为所动，只是紧紧相偎相依。

凄凄复凄凄，嫁娶不须啼。愿得一心人，白头不相离。

现如今，凄凄惨惨戚戚，我嫁给你的时候毫不犹豫，受苦享福都未曾多言，如果你娶别人，我也一样不会哭泣。只希望你可以得到一个人的真心，陪你白头到老，永不分离。

竹竿何袅袅，鱼尾何簁簁！男儿重意气，何用钱刀为！

竹竿和鱼尾草都是柔韧之物，风往哪边吹，它们就飘向哪边。作为男子不应像竹子和鱼尾草一样，随风变心，希望你能做一个重情义的好男人，这比钱财和地位更重要。

这道理讲得不温不火，姿态不卑不亢，娓娓道来，全无说教的空泛之感，甚至连责备的口吻都没有，卓文君的情商在古代女子中可圈可点。全诗语言质朴，凄而无怨，虽无半句指责之语，却足以让司马相如汗颜。

除了此诗，卓文君还补写两句在全诗之后：“**朱弦断，明镜缺，朝露晞，芳时歇，白头吟，伤离别，努力加餐勿念妾，锦水汤汤，与君长诀！**”

笔墨至此，不禁对卓文君的柔情大气、以退为进钦佩不已，若是她此时写信大骂司马一通渣男，我们也完全可以理解，但是这奇女子在诀别之际，却字字透着全心的温柔。始终不愿相信这份隐忍和才情为一种手段，只是觉得卓文君深深爱着司马相如，爱到可以用自己碎了的心去成全爱人不近人情的愿望。

这首情智双绝的《白头吟》经过数日到了司马相如的手里，看到卓文君的字迹，想起往日二人的柔情蜜意，特别是读到“**努力加餐勿念妾，锦水汤汤，与君长诀！**”之句时，司马相如再也抑制不住心中对卓文君的愧疚，迷途间勒马回头，最终把卓文君接到了身边。

从此二人夫唱妇随，幸福白头。在四川邛崃文君井至今还有一副楹联诉说着他们的爱情故事：

君不见豪富王孙，货殖传中添得几行香史，停车弄故迹，问何处美人芳草，空留断井斜阳，天崖知己本难逢，最堪怜，绿绮传情，白头兴怨。

我亦是倦游司马，临邛道上惹来多少闲愁，把酒倚栏杆，叹当年名士风流，消尽茂林秋雨，从古文章憎命达，再休说，长门卖赋，封禅遗书。

卷二

此心安处是吾乡·定风波

定风波·赞柔奴

宋·苏轼

常羡人间琢玉郎，天应乞与点酥娘。尽道清歌传皓齿，风起，雪飞炎海变清凉。

万里归来颜愈少，微笑，笑时犹带岭梅香。试问岭南应不好？却道，此心安处是吾乡。

苏东坡一生跌宕起伏，时而高官厚禄，时而阶下锒铛，惊险程度堪比大片儿。他的故事说不尽道不完，每首诗词背后都有一段典故供后人品读。《定风波·赞柔奴》这首词写于东坡先生老年时期，正如开篇的序言所述，故事发生在和老友的一次相聚时。

因为“乌台诗案”，苏东坡的很多好朋友都受到牵连，被贬谪。王巩，字定国，他也受到牵连，被贬到蛮荒之地——广西宾州，身边只有小妾柔奴相伴。

柔奴歌女出身，歌声婉转，舞姿柔美，为王定国在岭南烟瘴之地的生活添上了一丝色彩。直到定国年老，才获准回京。定国在奉旨回京的途中，顺道去拜访了苏东坡。

苏东坡见到的王定国和当年分别时变化并不大，仍旧精神抖擞，顾盼有神，性情也越发的豁达开朗起来。遭此大劫，二人未料到还有相见之时，唏嘘不已。

逆境中，王定国仍能屹立不倒，写下多本著述，这让苏东坡佩服不已：“君虽在烟瘴之地谪居，却仍旧是面色红润。坡折服！”

定国静默不语，为苏东坡斟满美酒。唤出柔奴为二人献歌。只见柔奴身穿白纱羽衣，怀抱雕花琵琶，窈窕而来，朱唇轻启，一曲歌罢，令人沉醉。

苏东坡忆起之前在京城欣赏柔奴歌艺的情景，如今再见，依旧甜美动听。王定国告诉苏东坡，在广西的这些年，之所以能坦然面对，泼墨吟诗，多亏了柔奴的用心陪伴，温柔慰藉，让那些寂寞无望的岁月，慢慢流逝，访古问道亦颇有滋味。

苏东坡听到王定国所言，也有一番感慨。岭南的生活他也曾经历，轻声说道："岭南自与京城不同，苦了你一个小女子。"柔奴却是一脸坦然，毫不犹豫："此心安处，便是吾乡。"未曾想，这样柔弱的女子，却有如此豁达的心胸和乐观的态度，东坡为其情深所感，提笔填词以赞之。

常羡人间琢玉郎，天应乞与点酥娘。

常常羡慕琢玉郎能有点酥娘相伴。琢玉郎是苏东坡对王定国的戏称，他常在王定国的乐府面前称王定国是"琢玉郎"，取自唐人卢仝《与马异结交》中"白玉璞里琢出相思心"一句，既切合王定国白白胖胖的人物形象，又暗示王定国是一个专情之人。经过多年的贬谪生活，王定国仍是一副白白胖胖的模样，因而苏东坡在词中仍叫他"琢玉郎"。一语双关。

"点酥娘"指柔奴，柔奴的小名就是"点酥"，这本是当朝的一客名小吃，甜腻酥脆，也正暗合柔奴的气质。这样一个美玉般的翩翩公子，上天理应赐给他一个蕙质兰心的好姑娘。

尽道清歌传皓齿，风起，雪飞炎海变清凉。

此女子有着令人心安的力量，容貌清丽，歌声悠扬，字字含情，风起的时候，好像炎热的海上忽然飘来一阵雪花白，清凉了指尖，柔软着心房。苏东坡运用视觉、听觉、触觉的混合，以通感打开想象空间，构成了一幅清凉奇美的画面。

万里归来颜愈少，微笑，笑时犹带岭梅香。

跟着王定国从万里之外的岭南之地回到北方，竟然比去时，还要显得年轻，面对苦难，柔奴只是微微笑，笑容淡然宁美，仿佛还带着南方梅花清冽醉人的香味。

苏东坡敏锐地捕捉到了柔奴的神情，赞其梅花般芬芳高洁，不畏苦寒的精神，表达了自己的钦佩之情。

试问岭南应不好？却道，此心安处是吾乡。

诗人忍不住问她，岭南是不是不好，柔奴却从容答道：“只要内心安定宁和，任何地方都可以是我的故乡。”

这首词，风格轻快，柔奴的故事，娓娓道来，命运面前，安之若素。借柔奴之口，表达了诗人豁达的胸襟，柔中带刚，婉约有力。

王定国是幸运的“琢玉郎”，黄陂之地，破败之丘，仍有佳人安然相伴。苏东坡之所以对柔奴之事感慨颇深，我想是因为他也曾拥有这样一位真心相待的小妾——王朝云吧。

王朝云与苏东坡相遇之时，不过十二岁，苏东坡已是三十七岁了。当时正值王安石变法期间，苏东坡因为不满新政，在朝廷上备受排挤，迫于压力，苏东坡自请外调，随即被调往杭州任通判。

西子湖畔，一众诗友为苏东坡接风洗尘。正值西湖春日，水波潋滟晴方好，一众人等在湖边游走，不想遇见路边一处聚拢了百姓，更有嘤嘤哭声从人群中传出。

苏东坡被这哭声吸引了心神，原来是一个面目清秀的小女孩在哭泣，这就是王朝云。她的家乡遭了天灾，父母皆亡，迫于无奈来杭州投奔亲戚，却无处寻觅。苏东坡被小女孩悲苦的身世感染，当下决定带她回府，正好给妻子王润之做帮手。

王润之是苏东坡的第二任妻子，她是苏东坡第一任妻子王弗的堂妹。王弗十六岁就嫁给苏东坡，世间少年夫妻最是珍贵。苏东坡与王弗的生活十分平静而甜蜜。年纪不大的王弗，聪明沉静，知书达理，是苏东坡最好的助手。

苏东坡年轻的时候性格豪放，爱结交朋友，乐于助人，却难于勘破人心，有时会被人利用。因此苏东坡在外会客时，王弗躲在屏风后面听二人交谈，客人走后，王弗会根据他们交谈的内容判断这个人可不可交。朋友的为人，屡屡被王弗言中，她凭借着自己的这项才能，帮助苏东坡解决了很多人情世故上的烦恼事。

这样冰雪聪明的女子谁会不喜欢呢？苏家上下对她都赞不绝口，苏东坡和王弗的感情也越来越深厚。然而“美人自古如名将，不许人间现白头”，王弗在二十七岁时因病溘然长逝，只留下一幼子苏迈。

王弗的去世对苏东坡打击很大，一度沉郁。为了排解思念，在妻子死后的每一年，他都会为她植种很多松柏，慢慢地，竟然种了有三万多棵松柏树，万木成林，松涛如歌。他亲手栽下的一片绿色，陪伴着爱妻长眠。

在妻死后十年，调任密州的苏东坡，午夜梦回，眼前还是妻子王弗的身影，“十年生死两茫茫。不思量，自难忘。”这段甜蜜凄婉的爱恋穿越千年，依旧动人。“明月夜，短松冈，惟有泪千行。”

苏东坡是个重情重义之人，在王弗去世十年之后，才续娶王弗的堂妹王润之为妻。王润之不如王弗那样聪明能干，性格倒也十分温柔，对待王弗留下来的孩子苏迈更是倍加亲厚，视如己出。她在外事上不能给丈夫提供更多的助益，因而专心主持家务。苏东坡也是感念她操持家务十分辛苦，因而才毫不犹豫地把王朝云带回家中，帮助她打理家事。

王朝云初入苏府时只是一个乡下姑娘，虽然清秀可人，但也说不上知书达理。苏东坡怜惜她身世凄惨，有时间便会教她读书识字，她确实有灵气，勤奋好学，练得一手好字。还学习弹琴跳舞，歌声也十分动听。

常常陪伴在苏东坡的身边，王朝云对这位当朝的大才子自是心生爱慕，她默默地照顾着苏东坡，观察着苏东坡的点点滴滴，把他的习惯熟记在心。苏东坡爱写诗作画，她就在一旁安生研墨；苏东坡爱喝茶，她就潜心练习茶道，练就一流的沏茶手艺；苏东坡喜欢看她跳舞，她就勤加练习舞艺。

元丰二年，厄运降临在苏东坡的头上，“乌台诗案”来势汹汹，虽然早已远离京城，但是声名日厚的苏东坡还是没能免于灾祸。苏东坡被捆绑束缚押送京城，抄家的官兵如凶神恶煞般的打砸一切，满地狼藉令人心寒。

经过苏辙及各方好友的不停奔走，苏东坡在此大劫中才得以脱身。谕旨下来，苏东坡被贬为黄州团练，在官兵的押解之下，苏东坡在京城与长子苏迈告别，前往黄州。在苏辙的护送下，王朝云和苏东坡一起来到了黄州。

看到遭此打击后有些颓废的苏东坡，王朝云难过极了，她更用心地照顾苏东坡，愿以爱以暖陪他渡过千难万险。幽居黄州的苏东坡常常对月饮酒以排遣内心的苦闷，王朝云一直陪侍在侧。把盏北望时，满目怆然，何时才能云开雾散呢？

抬头看着天边冷月，四顾一片黑影幢幢，从前的风光早已烟消云散。少时就跟在苏东坡身边的朝云，自有一种敏感，特别能体会苏东坡此时内心的苦闷，常常说些宽慰他的话直入他心坎儿。

无奈局势已僵，苏东坡只有寄情山水，他放舟赤壁，和友人一道游览大好河山，更有《赤壁怀古》被誉为千古绝唱。

虽在黄州任通判，其实是被变相囚禁，无人敢来探望此时的苏东坡。习惯了往昔的高朋满座，日子突然冷清，难免有些不习惯。有一位已经被贬黄州的王先生，仰慕苏东坡的才华，抽身来看望苏东坡。王先生青年时期被政局变动牵连，贬至黄州，三十三年了。当年那个意气风发的少年早已寻不到踪迹，如今已是“看取眉头鬓上霜”，人的一生又能有几个三十三年呢？

听罢王先生的故事，苏东坡反而释然了，他带着朝云，在自家门前的山坡上开了一块荒地，跟农人请教躬耕的学问，每日和朝云在地里收拾收拾蔬菜花草，喝喝茶，一副打算长住久居的模样。

虽然苏东坡和王朝云的年龄相差很大，但是因为朝云少女时期就在苏东坡的身边，所以她深受苏东坡的影响，加之她天资聪颖，敏而好学，可称得上是苏东坡的知己。在黄州这段艰苦的岁月里，苏东坡渐渐感受到了王朝云无微不至的关心，心中所想总能被朝云言中。于是，在征得王润之的同意之后，苏东坡将王朝云纳为妾。

当年的七夕，苏东坡带着王朝云一起登上了黄州的朝天门楼赏月。黄州的朝天门楼是宋代黄州城的东南门，明代改为一字门。

西江月，琼钩挂，物是人非。黄州城不似京城繁华，街上也没有火树银花，只有城中的大户人家才能在门前挂满纸灯笼。

苏东坡问身边的朝云，虽不如往年热闹，但也算是朗月良夜，乞巧佳节，你可许什么愿望吗？

朝云望了望苏东坡，双手合十，面向明月闭目发愿：“世人或求才智，或求良人，妾身如今良人在侧，只求与先生不再分开，不受别离之苦。”

看着朝云深情的模样，想起自己这一路坎坷，东坡先生诗性大发，即兴创作了《菩萨蛮》，记录下此刻的心情：

画檐初挂弯弯月，孤光未满先忧缺。遥认玉帘钩，天孙梳洗楼。佳人言语好，不愿乞新巧。此恨固应知，愿人无别离。

如画的飞檐挑起一抹弯月，月还未圆，就已经在担心它被黑暗吞噬边缘了。站在门楼上远望，月弯似银钩，勾住玉帘，勾住多情的心，嫦娥是不是还在月宫中独自梳洗打扮？身边的佳人不愿意向织女祈求才慧，只愿意长久地侍奉在心爱的人身边。夫妻分离的痛苦织女应该是最能体会的，我也虔诚向您祈愿，天下的有情人再不分离。

【〇二】

元丰六年，也就是到黄州的第二年，王朝云为苏东坡诞下一子，此时的苏东坡已是四十八岁。取名苏遯，小名干儿。

幼子眉目清秀，长相和苏东坡颇有几分神似。幼子的到来为苦闷的黄州生活增添了不少乐趣，在干儿的满月酒上，苏东坡欣然赋诗一首："人皆养子望聪明，我被聪明误一生。惟愿孩儿愚且鲁，无灾无难到公卿。"

简单的诗句，读来却暗藏了巨大的伤悲与对人事流转的失望，又充满了对幼子美好的祈愿。不求你大富大贵，光宗耀祖，但求你平安喜乐，无难无灾。

许是这孩子给苏东坡带来了好运，当年哲宗即位，任用司马光为宰相，得到当朝太后的特许，苏东坡等一干受"乌台诗案"牵连的文人悉数被召回京城。王安石的新法因未能妥善处理好各方利益，被废。苏东坡被任命为龙图阁学士和皇帝的陪读，一时间气象一新。

然而就在赴京就职的途中，未满一岁的干儿，于金陵夭折。纵使王朝云千般呵护，苏东坡万般祈求，这个孩子仍旧是没有福气平安长大，也许是冥冥中知道这人间满是恩仇，便早早撒手西去。

王朝云经受不住这等打击，一度昏厥。苏东坡看到朝云这般模样也甚是伤心，前半生坎坷流离，四十八岁得子，享受鲜有的欢乐时光，还未能看见爱子摇摇晃晃走路，咿咿呀呀学语，忽然就被上天夺走了生命，苏东坡也免不了"老泪如泻水"。

“我泪犹可拭，日远当日忘。母哭不可闻，欲与汝俱亡。”王朝云的悲伤不可遏制，苏东坡只有尽力安慰她，让渐渐烦琐的政事冲淡自己的悲伤。

元祐年间，太后高氏垂帘听政，苏东坡在政坛上开始大放光芒。因为丧子之痛，朝云病了很久才康复。

苏东坡每日繁忙忧心，难有清闲时候，朝云都看在眼里。偶尔闲时，在家吃晚饭，大家一起散步，苏东坡摸着自己中年积福的大肚，大声地问周围的人，“你们知道我这肚子里装的是什么吗？”

一个婢女说：“满腹经纶，都是文章。”苏东坡摇摇头，不予肯定，另一个婢女说：“都是见识。”苏东坡表示还不够恰当。王朝云笑笑说，“学士一肚皮的不合时宜。”苏东坡听罢哈哈大笑，赞许王朝云，“还是卿最懂我！”

元祐八年，苏东坡的第二任妻子王润之病逝于京城。王润之陪伴苏东坡走过宦海浮沉，同甘共苦，走过苏东坡人生最为波动的二十多年。帮助苏东坡抚养包括苏迈在内的三个儿子，她性情的宽和仁厚，无私牺牲，最为人所称道。她去世时，苏迈已经三十一岁，她的两个儿子也都已经成年。苏东坡为她写了祭文，寄托哀思。

为了感念她的深情相伴，苏东坡在祭文中留下“唯有同穴”的誓愿。因而在王润之死后百天，苏东坡特地请了当时的著名画家李眠龙为她画了十张罗汉图以超度她的亡魂。随即王润之的灵柩一直停放在京西的寺院内，等待苏东坡百年之后一起合葬。

王润之去世后不久，苏东坡的生活又遭遇了重大变故。他在朝廷上又遭政敌打击，这一次又是拿“文字”说事，御史弹劾苏大学士写词讥讽先帝，随即苏东坡又遭抄家贬谪。

此次变故咄咄逼人，苏东坡才贬谪到杭州，就又贬去惠州，接连三次贬谪，让本已年老的苏东坡心寒不已。他自知自己年事已高，再想翻身的可能性太小了，万般无奈之下，他开始遣散家奴，令几个儿子各自安排，不要再跟随自己舟车劳顿。苏东坡决意要自己前去，不想再拖累家人，王朝云却执意要一同前往，绝不离开苏东坡。

几经周转，苏东坡才至惠州。

王朝云与苏东坡相知甚深，在惠州，王朝云常唱《蝶恋花》为东坡解闷：

花褪残红青杏小，燕子飞时，绿水人家绕。枝上柳绵吹又少，天涯何处无芳草？

墙里秋千墙外道，墙外行人，墙里佳人笑。笑渐不闻声渐悄，多情却被无情恼。

一次，唱到“枝上柳绵吹又少”时，王朝云忍不住内心的惆怅，竟哭出声来，东坡问她为何如此伤心，朝云对答：“妾所不能竟者，‘天涯何处无芳草’句也。”东坡听闻，大笑，“不愧知己，我正悲秋，而你又开始伤春了！”东坡词人人读来都是美而轻盈，意境清冽，景色清新别致，即便是伤悲，也总有一点暖色在，而这首伤怀的词，也许只有这个从豆蔻之年就跟随东坡辗转流离的王朝云，最能体会“一吟双泪落君前”的委屈和执着了吧。大概天下女子伤春时，多是想透了男子不甚惜春的天性吧。

这首词暗喻了苏东坡漂泊如转蓬的政治命运，枝上柳绵似是人生大势，兜兜转转间一生过去，满身耀眼才华，却敌不过命运捉弄，一世颠沛流离。正如苏东坡一次又一次地经受政治的打击，宦海浮沉，命运无极。这许多年里，东坡纳过的妾们几经离散，当时的欢乐已不复存在，只有真情烈意的朝云，对爱的人付尽华年，生死相依。东坡明白她的心意，故作安慰之语。后来，王朝云先于苏东坡而去，东坡终身不复听此词。

苏东坡为王朝云在自己一次又一次遭受劫难时仍不改其志，追随左右的作为所感动，所以为朝云专门写了一首律诗。在宋代，律诗一般都表现很正统的东西，诗言志，诗歌是有政治功用的，只有词贴近生活，可以写生活题材，儿女情长。苏东坡为朝云写诗，足见朝云对他的意义。这就是那首脍炙人口的《朝云诗并引》：

世谓乐天有《鬻骆马放杨柳枝词》，嘉其主老病，不忍去也。然梦得有诗云：“春尽絮飞留不住，随风好去落谁家？”乐天亦云：“病与乐天相伴住，春随樊子一时归。”则是樊素竟去也。予家有数妾，四五年相继辞去。独朝云者，随予南迁。因读《乐天集》，戏作此诗。朝云，姓王氏，钱塘人。尝有子曰干儿，未期而夭云。

不似杨枝别乐天，恰如通德伴伶玄。
阿奴络秀不同老，天女维摩总解禅。
经卷药炉新活计，舞衫歌扇旧因缘。
丹成逐我三山去，不作巫阳云雨仙。

苏东坡在诗中盛赞朝云为“天女维摩”，甚至说出做我的侍妾太委屈你了的话，足见二人的感情至深。

命运之于苏东坡总是诸般地为难，贬至惠州的生活苦楚不堪，朝云身有旧疾，到惠州的前两年还能勉强支撑，但是第三年，惠州天气突变，身体柔弱的朝云撑不住了，她染上了时疾，苏东坡竭尽全力为她求医问药，但是终是无可奈何。

朝云撒手人寰，和他们的孩子一样，走得突然，年仅三十四岁，那时苏东坡接近六十岁。

老年丧妻，苏东坡几近崩溃，和爱妾甜蜜恩重的往事回想起来最是心伤，往日的糖在孤清的现实里结了冰，化作匕首刺人心窝。

朝云临死之前嘴里默默念着《金刚经》的四句偈语：“浮屠是瞻，伽蓝是依。如汝宿心，惟佛是归。”苏东坡最后将爱妾安葬在栖禅山寺之东南。入土后，惠州连续三日狂风暴雨。

他知道朝云最不喜欢惠州的烈日苦雨，于是尽自己所能在墓上筑了一座亭子替她遮风避雨，在亭柱上写了一副楹联："不合时宜，惟有朝云能识我；独弹古调，每逢暮雨倍思卿。"后人称此亭为"六如亭"。

这一生没有宏愿，唯愿长伴君侧，闲时落花静时雨，只要和你在一起，哪里都是我的故乡。愿君执我素手，愿天予我健足，这一生真的不在乎去到哪里，你注定是我停泊的岸，而我生来就是一条逐岸的小船，我的航线里没有别的灯塔，你是这暗夜里唯一的光。除你以外的世界，都无所谓好坏，此心安处，便是吾乡。

卷三

为情生为情死·燕子楼

燕子楼

唐·张仲素

楼上残灯伴晓霜，
独眠人起合欢床。
相思一夜情多少？
地角天涯不是长。

燕子楼上灯光昏黄如豆，伴着未眠人到天边微白，黎明起霜，本是合欢双人床，此时却只有孤单一人起身。一整夜相思满溢，不知情动几番，比起天涯海角的辽阔，这样的夜晚显得遥远漫长无绝期。

诗人张仲素描绘了一个孤枕难眠的女子，相思情长的模样，一个起居细节，突出了女子在感情的折磨中度日如年的形象。

女子何人？楼中何事？

从诗的题目可以看出，这是一段关于燕子楼的故事。

徐州燕子楼，因其顶上飞檐状如燕而得名燕子楼。燕子楼两面邻水，周围种植的花草十分繁盛，红木雕窗，甚为精致。

燕子楼本为唐朝贞元年间，徐州守将张愔为了爱妾关盼盼所建。

关盼盼是一位生于唐朝贞元年间的大美人。她出身书香门第，善于舞文弄墨，更有一副娇似风扶柳的好身材。动人的歌喉和精湛的舞技让她尚在闺阁中时就芳名在外了，是当时不少才子的梦中情人。

上天给她双全才貌，同时也给了她不小的磨难。

当盼盼刚刚成人不久，就遭遇父亲去世，家道自此中落，使得母亲和盼盼二人一度无法支撑生活。这时仰慕她已久的徐州守将张愔上门提亲，虽然他早已娶妻，而且比关盼盼大很多，但是他愿意重金礼聘娶回佳人。

张愔虽是一介武夫，却颇通诗书，人也儒雅有礼。对待关盼盼不但动情，且用心，完全不同于对待其他姬妾。

暖男总是比较容易赢得美人的芳心，张将军对盼盼不但有为兄为父般的照料，更有心灵相通的契合，关盼盼渐渐被他的呵护与爱打动，感情越发深厚，二人还常常对诗，盼盼出上句："天公本是多情子，为我殷勤兆瑞年。"张愔对下句曰："劝卿暂忍怜花泪，自有风流泰运年。"

情到浓时，张愔为盼盼建了一座楼，这就是燕子楼。二人住在燕子楼中，夫唱妇随，琴瑟和鸣。

大诗人白居易还是校书郎的时候曾经去徐州拜访了主帅张愔。素来爱才的张愔在府中设宴，热情款待白居易。关盼盼受张愔所托，席间不但为白居易频频敬酒，更是歌舞相奉。

借着几分酒力，关盼盼水袖长飞，跳起"霓裳羽衣舞"，歌喉清丽，身姿曼妙，一双美目顾盼神飞，白居易大为赞赏，当即写下"醉娇胜不得，风袅牡丹花”的句子，赞美关盼盼的娇艳身姿。

白居易这样的赞美，使得关盼盼的美人芳名流传更远。

两年后，张愔高升，但是还没等到他带着关盼盼前去赴任，就病倒了，不久就病逝于徐州。

张愔死后，妻妾四散，各奔前程，而年轻貌美的关盼盼带着一个老仆人，回到了燕子楼里，守着和张愔的曾经，过着相思成冰的生活。

昔日莺歌燕舞的燕子楼，现如今却昏昏沉沉，长夜孤灯。住在这满是回忆的燕子楼里，关盼盼心如死水，仅靠回忆度日，不知不觉熬过十年。

张仲素原来曾是张愔的手下，他对关盼盼的生活十分了解，为盼盼的深情所感动，写下了《燕子楼》三首，选文即是其中的第一首。还有另外两首，分别是：

其二：

北邙松柏锁愁烟，燕子楼中思悄然；
自理剑履歌尘绝，红袖香消一十年。

其三：

适看鸿雁岳阳回，又睹玄禽逼社来；
瑶琴玉箫无愁绪，任从蛛网任从灰。

诗中通过生活细节的描写，刻画了关盼盼独自一人在燕子楼中凄苦无依、万念俱灰的形象，读来真切感人。元和十四年，张仲素带着自己写的这三首诗去拜访了白居易。

白居易读后，回想起自己在徐州初遇关盼盼时，他们夫妇二人的热情招待，那夫唱妇随、如胶似漆的模样真是羡煞旁人，反观现在盼盼的近况，独守空楼，身影憔悴，白居易不禁悲从中来，黯然神伤，为这有情人不能长相厮守的现实感到遗憾。

捧着张仲素的三首《燕子楼》，白居易感受颇多。于是提笔写下了三首和诗之作。

其一：

满窗明月满帘霜，被冷灯残拂卧床；
燕子楼中寒月夜，秋来只为一人长。

其二：

钿带罗衫色似烟，几回欲起即潸然；

自从不舞霓裳曲，叠在空箱一十年。

其三：

今春有客洛阳回，曾到尚书坟上来；
见说白杨堪作柱，争教红粉不成灰。

白居易想象着关盼盼独自一人在燕子楼守空房的情景。秋风秋月秋霜白，窗外寒冷不及窗内守灯人的苦楚，月光此刻更显凄冷。

自从爱人走后，关盼盼再无心思穿着打扮，也没有再跳过心上人最爱的舞蹈“霓裳羽衣曲”，曾经悠扬婉转的《长恨歌》也在十年苦守中化作声声叹息。往日的绿衫红罗也都没有机会穿了，叠在箱子里，一放十年。

但是第三首却话锋一转，说到今年春天有人从洛阳回来，看见张愔墓旁当年新栽的白杨树都已经长得如同屋柱一样粗了。作为当年最受张尚书宠爱的红粉佳人怎么还在独守空房，倘若真的情深意重，为什么没有追随尚书到九泉之下去呢？

白居易这个想法我们现在看来就是直男癌，但在当时的社会环境下，确实是有以死殉情的风气，甚至认为女子能为夫殉情是一种无上美德。

也许在白居易的心中，节操和后世美名比在空楼上白白浪费生命更有价值，这才是他心中关盼盼最正确的一条路。为了更加明白地表达心意，白居易甚至又作了一首绝句作为补充：

黄金不惜买蛾眉，拣得如花四五枝；
歌舞教成心力尽，一朝身去不相随。

当年豪掷千金只为博美人一笑，终于找到了心爱的美人，现如今美人都已一身佳艺，各自独立，没想到一朝身去，却没有人愿意追随。白居易借用舞女教坊之口，来表达对张尚书妻妾们的不满，受得张尚书如此恩惠，你们却没有人愿意去九泉之下陪伴他，真是一群忘恩负义的女人。

张仲素也是好事之人，回到徐州之后居然把诗交给了关盼盼。

没想到十几年之后，又能得到白居易写的诗，关盼盼满心欢喜地打开诗笺，本以为老友白居易能体会自己独守空房的苦楚。没想到展开纸笺，一番笔墨竟是如此不堪和恶毒。

关盼盼心里不知是怒是悲，本以为白居易是有大学问的人，三观定不会和世俗人等一样，没想到白居易非但不能体会独守燕子楼的苦心，还下笔如此刻薄。自从张帅离世，我又何尝不想以死追随，但恐张帅死后还要遭人议论太过重色，不知爱惜爱妾性命，才如此含恨偷生至今。看罢，关盼盼失声痛哭，不曾想天下人竟然都是如此揣测她，盼她死。她悲痛地拿起笔来，写了一首七绝诗回复白居易：

自守空楼敛恨眉，形同春后牡丹枝；

舍人不会人深意，讶道泉台不相随。

自从独守空楼，不知受了多少苦楚，当年“醉娇胜不得，风袅牡丹花”的风姿早已不见，那朵牡丹的春天已然过去。没想到故人只在花开时捧她，凋零时便落井下石，质疑她的真情，竟然还劝她一死了之。

事已至此，写完这首诗，关盼盼这个有情有义的傻姑娘就开始绝食了，不管身边的人如何劝阻，关盼盼都粒米不进。十日之后，这位曾经风姿胜过牡丹花的一代佳人香消玉殒于燕子楼。

弥留之际，她仍不能原谅白居易这种落井下石的恶毒心肠，提笔写道“儿童不识冲天物，漫把青泥汗雪毫”。她把鼎鼎有名的白居易比作一位不识真情的黄口小童，幼稚白目，根本不能体会她的真心和真情。

传说白居易听到关盼盼的死讯后，大为震惊。没想到自己的一首诗，竟然引发如此的惨剧。本来他在道德制高点上站得好好儿的，逼殉诗写得洋洋洒洒、理直气壮，而人家真的绝食殉情了他又心慌不已。盼一个人死，却又害怕此人因他而死，人的懦弱与非善在这个故事里可以看得一清二楚。

白居易后来很费了一番努力让关盼盼和张尚书合葬在一起，在他年老的时候，去了洛阳香山隐居，把自己的小妾全部遣散了，人们都说他这么做是出于对关盼盼的愧疚。

也许白居易真的很后悔，但是也没有什么意义了，传书的张仲素也不知道对盼盼的死作何感想。对人物的评价总是很难超越时代的局限性，当时对于女性的理解和今天自是不可相提并论，我们也不该用今天的眼光苛责古人，但我依然认为白居易和张仲素二位在这件事上，真的缺失了一点善良。

曾经泪笑满满、情意绵绵的燕子楼，在唐末的战火中被焚毁，之后历朝历代都有重建修葺，许多文人墨客路过此地，遥想当年关盼盼的风姿和烈性，留下了不少诗作。

如今的燕子楼是1985年重建的，成了徐州的一个著名景点，今人们再去看那位绝世美人住过爱过的小楼时，心中更多的是对她悲剧命运的惋惜吧！

“天涯大有多情客，不忍轻过燕子楼。”明末钱谦益这样娓娓道来。如果本书读者有机会路过徐州，也去下燕子楼，感受一下当年这段旷世绝爱吧！

卷四

人生若只如初见·寄湘灵

寄湘灵

唐·白居易

泪眼凌寒冻不流，每经高处即回头。
遥知别后西楼上，应凭栏杆独自愁。

唐朝诗坛星光璀璨，猛人辈出。但总有几颗明星始终闪耀在整个诗坛上空，后世诗人难以超越。白居易便是这几颗明星之一。他的《长恨歌》《卖炭翁》《琵琶行》等作品是唐代诗坛上不可多得的佳作，他本人更是享有“诗魔”“诗王”的美称。与白居易往日擅长的近乎白话的“新乐府诗”不同，这首《寄湘灵》，情义曲折，诗中情人相互守望的形象，动人心弦。

泪眼凌寒冻不流，每经高处即回头。

寒冷的冬日，眼泪都要流干了，寒冷的空气把眼泪都冻住。我已距离你越来越远，每行至一处高地都忍不住要回头望一望你。

遥知别后西楼上，应凭栏杆独自愁。

不论与你相距多遥远，我都知道家乡西楼上，有你孤独的身影，倚在栏杆上忧愁远眺。

诗人在这首作品中塑造了两个依依不舍的人物形象，这就是诗人自己和初恋湘灵。

白居易祖籍河南，出生不久，家乡就惨遭战火的侵袭，民不聊生，他的祖父祖母也因此相继离世。为了躲避战火，父亲把白居易和母亲送到了相对安宁的宿州符离（今安徽宿州）。也就是在这里，白居易遇到了他生命中最美好的初恋——湘灵。

白居易两岁就来到了宿州，在这里度过了他平静安宁的童年生活，聪明过人的他，读书十分刻苦，生活中并没有多少玩伴。十一岁这一年，白居易家搬来了一户新邻居，他家有一个七岁的小姑娘，长着忽闪忽闪的大眼睛，笑容娇俏可人。

初来乍到的小姑娘因为没有玩伴，总喜欢来找白居易一块儿玩儿。此时的白居易还是十几岁的少年，心思都在书本上，但面对这个小妹妹，白居易心底是欢喜的，孤独的读书生活，总算有了那么一丝色彩。

过了几年，湘灵渐渐长大，十五岁的她刚过豆蔻年华，成长为一个能歌善舞的姑娘。

“娉婷十五胜天仙，白日嫦娥旱地莲。”在白居易的眼睛里，那个七岁的小姑娘早已长成了“天仙”的模样。二人正是情窦初开的年纪，曾经一起成长的时光更是两人共同的美好记忆，你骑竹马，我掷青梅，暖风爱吹梨花白，竹蜻蜓飞燕子来。

白居易此时已是需要博取功名的年纪，于是他和湘灵偷偷约定，等他从京城回来就和母亲说明情况，娶湘灵为妻。二十岁这一年，白居易离开家乡，只身来到长安城为自己的未来打拼。在唐朝，文人想要出人头地，不仅要有才华，考中科举，还要有很著名的引荐人，才能赢得大家的认可，看来大牛的推荐信，从古至今都好用。

白居易从偏远的小城来，在京城毫无根基，对引荐人的渴求可想而知。他把目光放在了当时掌管编纂国史的著名文吏郎顾况的身上。顾况是京城小有名气的人物，每天来拜访他的文人很多，顾府门庭若市，但是真正能得到顾况老先生认可的，并没有几个，很多都是兴冲冲而来，悻悻而归。

这天，顾况老先生在送走了来往的客人后，已经有些疲惫，他坐在客厅的藤椅上，端起茶杯，呷一口，想要歇一歇。这时候，仆人又恭恭敬敬地呈上来一张拜帖，随之是一份诗稿，拜帖上，工工整整地写着“白居易”三个字。顾况对这个名字一点印象都没有，摇摇头，心想，又不知道是哪个年轻人。

打开诗稿，第一首就是《赋得古原草送别》：

离离原上草，一岁一枯荣。
野火烧不尽，春风吹又生。
远芳侵古道，晴翠接荒城。
又送王孙去，萋萋满别情。

当顾老先生看到“野火烧不尽，春风吹又生”时，大吃一惊，内心的火苗随着诗句一起被点亮，不禁拍案叫绝，立刻让仆人把门外的年轻人请进来。细细品味全诗，野草生在荒原，逆境中并不气馁，这里面所传达出来的意气风发、精细观察和奇思妙想，让老先生连连点头。

再翻看其余诗作，顾老先生被这位少年的才华所折服。有了顾况的大力推荐，白居易不久便成为京城小有名气的诗人了。尽管名气大了，但做官的机会总也碰不上，白居易在京城待了三年之后，不得不先回家，准备科举。

这次回家，没有博得功名的白居易向母亲隐瞒了湘灵的事情。白居易在家也确实没有待多久，就为了功名转投远在江南的叔父。

这次分离，白居易写下了《寄湘灵》，诗中虽然没有仔细叙说这段故事，但是诗中两个人依依不舍的形象还是让我们感受到了当时感情炽烈的温度。除了这首诗，白居易还写了《寒闺夜》《长相思》来寄托自己对湘灵的思念。特别是《长相思》：“汴水流，泗水流，流到瓜洲古渡头。吴山点点愁。思悠悠，恨悠悠，恨到归时方始休。月明人倚楼。”

这首诗里的白居易深情、婉转，和我们熟知的通俗、琐碎的白居易大相径庭。

直到真元十二年，白居易才高中进士。此时的白居易已经二十九岁了。湘灵也一直痴痴地等着心上人。当他最终向母亲坦白，想把等了他十三年的湘灵娶进门时，母亲却一口回绝了他。此时他已贵为朝廷命官，母亲以“门不当户不对”彻底断了白居易的念想。

在家待了十个月之后，白居易不得不离家去京城赴任，他再次恳求母亲，希望她接受湘灵，但是唐朝门第观念甚重，自觉儿子出息了的白母无法忍受儿子娶一个普通人家的女儿。

受当时传统思想禁锢的白居易不敢也不想忤逆母亲，他只好离开湘灵，去京城赴任。很长一段时间，白母都不准家人提起湘灵这个名字，白居易也一直没有娶妻，他心心念念的，还是那个七岁就伴他左右的湘灵。直到白居易三十七岁时，在母亲的逼迫之下，白居易才不得不娶了母亲中意的儿媳妇——杨汝士的妹妹。尽管结婚多年，他也还在思念着湘灵，用写诗的方式怀念自己心底的那个人。

后来白居易因为党争受到牵连，被贬为江州司马，在赴任的路上，白居易和妻子一起在江边遇到了湘灵父女。此时的湘灵已经四十岁了，为了等白居易，她错过了自己最美好的年华，终生未嫁。

不知道这次重逢，白居易是欣喜还是愧疚。诗人倒是写了两首诗记录自己的心境。

其一：

我梳白发添新恨，君扫青娥减旧容。
应被傍人怪惆怅，少年离别老相逢。

早上梳头发的时候，我看着自己的白发心中愦懑，此时见到你，也知道你的容颜亦不似从前。旁边的人都看不懂你我二人眼中的惆怅深情，当年分别时还是青春年少，如今再相逢却都已步入暮年。

其二：

久别偶相逢，俱疑是梦中。
即今欢乐事，放盏又成空。

分别得太久了，今天竟偶然相逢，都怀疑是不是在做梦。重逢的欢乐时光总不能长久，一盏茶的工夫就又幻化虚空。

这种重逢的喜悦、无奈在诗中被诗人精微描绘。世事无常，花落无声，谁也不知道哪一个转身就是诀别。有些思念只能永存心底，有些诺言注定永远无法实现，曾经想要给你的拥抱再也不能兑现。其实不论任何年代，礼教如何摧残人，一生一世的等待与错过，往往还是因为承诺者的口不对心。天真的女子或许总是以为一切分离都是为了在一起，然而，故事的结局常常道出真相——分离只是为了掩盖不能在一起。即使时空回转，一切重来，等不到的人依旧会消失天际，相思说尽诗穷绝，万誓无非空口言。誓言在说出口的那个瞬间，就已经完成了自己的使命，之后的故事，不过是命数。

从此以后，白居易和湘灵再也没有见过面，一对曾经的璧人，就这样在时光里消散，相忘江湖，一别两宽。

这段爱恋彻底消磨之后，晚年的白居易，纯情更是消失殆尽，他开始借助妓乐诗酒，排遣苦闷，享乐人间。

在任职杭州刺史期间，家中专供歌舞娱乐的小妾就有十几位之多。白居易在杭州期间，闲时就会邀请各位师友，一起吟诗喝酒，听曲观舞。有人在《穷幽记》中记载，白居易甚至命人在家里挖了一亩池塘，他经常在池塘上泛舟宴请宾客。

在白居易这十几名小妾中，最有名的要数小蛮和樊素了。有诗云："樱桃樊素口，杨柳小蛮腰。"白居易六十多岁时，得了风疾，半身麻痹，行动不得。于是他卖掉家中的好马并让家中小妾离开他去嫁人。可是，那匹马反顾而鸣，不忍离去，樊素也伤感落泪说："主乘此骆五年，衔橛之下，不惊不逸。素事主十年，巾擳之间，无违无失。今素貌虽陋，未至衰摧。骆力犹壮，又无虺馈。即骆之力，尚可以代主一步；素之歌，亦可以送主一杯。一旦双去，有去无回。故素将去，其辞也苦；骆将去，其鸣也哀。此人之情也，马之情也，岂主君独无情哉？"白居易长叹："骆骆尔勿嘶，素素尔勿啼；骆返庙，素返闺。吾疾虽作，年虽颓，幸未及项籍之将死，何必一日之内弃骓兮而别虞姬！素兮素兮！为我歌杨柳枝。我姑酌彼金缶，我与尔归醉乡去来。"

趁着樊素"未至衰摧"，白居易让其离去嫁人，恐怕是吸取了湘灵和关盼盼的教训，白老爷子暮年终于替姑娘们考虑了一回。

在杭州任职期间，白居易不只有诗酒风流的生活，他在政事上也颇有建树。白居易到杭州之后就发现西湖水患是个大问题。那时候的西湖不似如今的西湖“淡妆浓抹总相宜”，它还承载着杭州城灌溉和饮水的任务。

因为西湖的东北边地势低，导致西湖的储水能力很弱，下大雨就会发生洪涝，干旱的时候又不能缓解灾情。

白居易了解到详情后，就开始着手建设西湖大堤，提升西湖的蓄水能力。这个工程在白居易卸任杭州刺史前的两个月才竣工。为了庆祝这件喜事，他还写了《钱塘湖记》来纪念此事，这个堤坝就是“白公堤”，直到今天，这座白堤还在发挥着它的作用。

武宗会昌六年，七十五岁的白居易卒于洛阳。根据他的遗嘱，“不归下王圭，葬于香山如满之侧”，白氏后人将他葬在洛阳香山的琵琶峰侧，归于青山绿水间。

这一生中，白居易诗中最爱的那个人叫湘灵，如果当年他们有情人终成眷属，白居易会不会少了游戏人间的许多年，会不会就没有“樊素小蛮”的浪漫满屋，会不会真的能给空等一生的痴情女子一世爱的守护？历史没有如果，感情难分虚实，“人生若只如初见，何事秋风悲画扇”。白居易去世多年后的清朝，有一位词人这样形容初恋。

愿所有的一往情深都不会流离失所，愿有情未成眷属的人儿来世有缘，莫要生生相错，莫要海角相隔。

卷五

我是人间惆怅客·浣溪沙

浣溪沙

清·纳兰性德

谁念西风独自凉，萧萧黄叶闭疏窗，沉思往事立残阳。
被酒莫惊春睡重，赌书消得泼茶香，当时只道是寻常。

纳兰性德，这位被后人谈论不休的奇伟男子，从大清朱门的薄雾中穿行而来。他是清朝叶赫那拉氏贵族，父亲明珠是权倾一时的朝廷重臣，纳兰的一生从出生就已经预示着某种不平凡。他本叫纳兰成德，为避太子宝成的名讳，改名为性德，字容若。纳兰自幼便显露出天才的一面，饱读诗书，文武兼备，十八岁中举人，二十几岁中进士，深受内阁学士徐乾学的赏识，年纪轻轻就带领一众人编纂了儒学大型丛书——《通志堂经解》，其才学与能力可见一斑。

他的词风与南唐李后主的多情委婉有些许相似，这首悼亡之作更是与之文风颇有神似。这是纳兰容若写给妻子卢氏的怀念之作。上片由问句起兴，黄叶残阳，疏窗风凉，无人问津，还未进入沉思，就已经沉醉在一片孤单寂清之景中，凄凉的氛围弥漫纸上。

下片沉入内心，借由最平凡的生活往事，怀念昔日的幸福美满，结尾的感叹，徒留无数遗憾萦绕心间，今昔对比，更显今日幽苦无依。

谁念西风独自凉，萧萧黄叶闭疏窗，沉思往事立残阳。

冷冽秋风吹过木窗格，独自凭窗饮尽寒凉，满天落叶姿态空寂地落下，我就呆立在这气若游丝的夕阳下回想起过去的故事。

被酒莫惊春睡重，赌书消得泼茶香，当时只道是寻常。

最爱和你一起喝点儿小酒，睡意昏沉地斜卧躺椅上，一起玩赌书泼茶的小游戏，那些简单舒心的日子当时看来不过平常生活，现在看来却是万般珍贵。

赌书泼茶，妙用李清照和赵明诚的典故。李清照《金石录后序》云："余性偶强记，每饭罢，坐归来堂，烹茶，指堆积书史，言某事在某书某卷第几页第几行，以中否角胜负，为饮茶先后。中即举杯大笑，至茶倾覆怀中，反不得饮而起，甘心老是乡矣！故虽处忧患困穷而志不屈。"此句以此典为喻，描画出昔日与亡妻有着像李清照夫妇一样美满愉快的生活。

上片的沉思到下片的回忆，短短几年的欢乐时光，词人永远不会忘记，却又最不愿想起。

王国维说，"一切景语，皆情语也"。首句由季节的变换发端，往昔这样季节骤变总会有妻子在身边贴心地叮咛。而如今，已然深秋，她却再也不会来为自己添衣加暖，铺床叠被。"谁念西风独自凉？"轻声的反问，却饱含词人的深重的怀念。

在萧瑟的秋风吹拂下，枯黄的落叶更为词人的心房蒙上了一层严霜，即使是关窗锁户，黯然的神情却不能就此更改，夕阳之中，孤单和身影一样越发绵长，满满的回忆伴着夕阳涌上心头。想起旧日醉酒时妻子的呢喃细语，明媚春光下赌书泼茶、心神共舞，曾经以为的寻常日子，如今却徒留无限怀念和哀伤。

“残雪凝辉冷画屏，落梅横笛已三更，更无人处月胧明。我是人间惆怅客，知君何事泪纵横，断肠声里忆平生。”暗夜里，一声“惆怅客”，泪满双目帘，已然是客，漂泊无依，却还满身惆怅，雪落千层，纳兰悲伤情重，而叹声太轻，教人更生爱怜。

纳兰性德这一生是痴情的一生，从初恋到最后的爱人，每一个，他都拿出自己最本真的情感，像晴空初雪的第一片雪花一样去爱。

“人生若只如初见，何事秋风悲画扇。”初恋在懵懂年纪，最是那心无城府思无邪的回眸一笑，初遇的清晨，一切都纤尘不染，教人无限怀念。

那一年，少男少女，桃红梨白，庭院深深，柳花穿阳。爱情就是你不知道哪一次邂逅会令你魂牵梦萦，不知道到底是因为哪一个眼神，就暗许芳心，就像歌中唱道——“只是因为在人群中多看了你一眼”，这一眼里天地万物都只为你我相遇而生长，这一眼里全世界的春风化雨都不及你澈目流光，这一眼里心内所有的河山被你一瞬走遍。不知不觉，秋风推破西窗，你画下我的模样，却无法留住我在你身旁。

有情人共白头是太美的梦，而这世上，终是醒着的人多，纳兰和初恋表妹的相遇相知止于表妹进宫。表妹被宣召入宫，常伴君侧，从此一别深宫，这段感情也就此戛然而止。绿荷苑中她低头为纳兰绣着并蒂莲的样子，渌水亭下她明媚动人的笑容，荷花池畔她轻唤蝴蝶的娇羞，这一切美好连理，都被一道宫墙隔断，只留下纳兰对着昔日旧景痴痴地想。

命也无情，忍看灵魂踽踽独行，明明昨日还相依相偎，今朝却咫尺天涯，后会无期。曾经满是浓情蜜意的明府花园，如今却只剩凋零愁艳。思念像一把碎玻璃揉进了心里，滴血成墨，放逐笔端，纳兰写下的词，首首是怀念。

失去了初恋的纳兰形容枯槁，饮酒浇愁，最终大病一场。突如其来的寒疾，一度让他如坠万丈冰窟，气若游丝，意识朦胧间听到家人的呼唤，身上的责任和人间的美好让纳兰忽地惊醒，决意不再消沉。

许是这份深情让残酷的上天也动了恻隐之心吧，送走了表妹的纳兰，迎来了一段真实的幸福时光。

走过寂寥的冬日，纳兰病愈，渐渐成长为一个意气风发的少年，手握长弓，目光坚毅。十八岁即中举人，二十几岁考中进士，拥有天才履历的他，被康熙看重，钦定一等御前侍卫。王公贵族都纷纷向纳兰贺喜，预言这个初出茅庐的年轻人日后必然前途无量。然而寻常人梦寐以求的升迁路径，在纳兰心里不值一提，纳兰更愿意远离天子，归隐山林。

闲敲棋子、漫想落花的日子，他的婚事也被家里提上日程。当时的北京城，也是美女云集的地方，纳兰的心门却再难打开。虽然身为贵族，纳兰却并没有自由恋爱的权利。抛开“父母之命，媒妁之言”，深受康熙喜爱的纳兰迎来了“皇帝赐婚”的“美意”。

毫无疑问，这是一场冰冷的政治婚姻。他的新娘亦是名门之后，自幼深受家学熏染，饱读诗书，对于纳兰的才名也是颇为仰慕。面对这个略显陌生的女子，纳兰选择了沉默，此刻他的心里依然对表妹念念不忘，清晨依旧选择独自在院中舞剑，站在秋风里惯看残阳，有时也会独自把盏，兀自沉默，好像他的生命，没有了光。

妻子卢氏却是个特别温柔的姑娘，一心想要为丈夫驱走暗夜的冰凉。明亮的双眸如灯似月，笑靥如花的她，最是情长。

不知何时起，舞剑累时，有人执扇送风，妻为他端来清茶，茉莉花香飘散；落寞把盏时，总会有一乡温柔，为他斟满美酒，侧耳倾听他诉说；行路匆匆中，总会细碎莲花步陪伴君侧，与他闲话秋风夕阳。

共同的兴趣爱好和善解人意的微笑，慢慢融化了纳兰那颗结了霜的心。

不知何时起，习惯了牵着她的手漫步花园，看春光明媚，逗笑枝头第一棵新芽；习惯了每日睁开眼睛看见她的微笑，一定要亲手为她画眉，戴上玉簪；习惯了看她慵懒侧卧在梨花树下小憩的模样，总忍不住为她轻扇团扇，送去清凉。

黄昏过后不是天黑，纳兰不知不觉中才发现，暗夜里的月光更加明亮。纳兰为妻挽起长发，每日共书相思语。一生一世一双人，剪烛西窗，共绾心苣，琴箫和鸣，就这样把日子过成诗，地老天荒。

然而，造化弄人，以为会相守相伴一辈子的卢氏，在这年冬天，因为难产去世。妻子香消玉殒，孩子也未见天日就西去。

此刻的纳兰正在塞北陪着康熙视察，消息传来，纳兰心痛不已。临走前的温柔叮咛犹在耳畔，离家数日，就传来伊人已逝的噩耗，这天造地设的一对璧人，连最后一面都未曾见到。

回忆如潮水，浪潮煎熬着纳兰的心。他把自己沉浸在最深的书墨中，曾经的岁月静好此时此刻却变成刀锋，一下一下地刺在纳兰的心头。

每晚的纳兰只有独对孤灯，把对妻子的思念全都化作冰凉的墨迹，他想用和妻子最熟悉的沟通方式，记下他们的点点滴滴。梦里的卢氏依旧那般可人模样，温柔的微笑，柔若无骨的小指轻轻地拂过纳兰的面庞，清泪冰凉。

显赫的门第，富足的家室，并不能填补纳兰命运的不幸。“不恨天涯行役苦，只恨西风，吹梦成今古。”百丈玄冰，天人永隔，爱人的离去一度让纳兰容若看破红尘，厌弃人生。

纳兰把他在妻子死后写的词集结成书，取名《饮水词》，其词作情真动人，在京城一度洛阳纸贵。所以当时有云：“家家争唱《饮水词》，纳兰心事有谁知？”

虽然卢氏之后，纳兰接受了家里的安排又续娶了宫氏，侧妾颜氏，但是却再也没有和卢氏一样情投意合的感情。

纳兰沉浸在丧妻之痛中，七年以后，他遇到了这一生中的最后一位爱人——沈宛。

相传沈宛是纳兰的朋友为他介绍的一位才妓，此女曾有出色的词作《选梦词》刊行于世。纳兰容若和沈宛相遇在烟雨江南，泛舟西湖，推杯换盏。在沈宛的柔情里，纳兰发现自己不去想卢氏也可以正常地喝酒吃饭了，眼前的世界重新有了色彩。和沈宛在一起的日子，水边的垂柳越发的青绿，絮子满地也不再凄婉虚无，抬头望天时，看月色迷蒙而不再悲从中来。

然而，身为汉人的沈宛是没有资格进入明珠府的，更何况她的身份也不能为纳兰家人所接受。纳兰容若不顾家人的反对，在京城德胜门内为沈宛置办了别院，一砖一瓦，与沈宛过起了情人式的生活。

沈宛于纳兰，是情人更是知己，是卢氏死后他第一个想诉衷肠的女人，是帮他重燃生活希望的花火，他想要和她相伴青春到满鬓风霜，他想要把时光变成清透的水，日日品尝。

可寒疾就复发在这美好的时光，从发病到最后的离开，只有短短的一周，短暂的弥留之后，纳兰容若撒手西归，抛下红尘。

不管人间烟火有多么迷人，都不能留住纳兰西去的脚步，也许是听到了卢氏的呼唤，也许是看透情深不寿的苦怨，在人世只有短短三十多年的纳兰，就此溘然长逝。

一切就这样在幸福时光里结束，再也不用承受失去爱人的如锥心痛，再也不用面对官场风云和家族羁绊，纳兰终于自由了。

曾经的缠绵都化作天边的晚霞，伴着盈盈而上的月亮消失在天际。京城外的上庄翠湖旁，“缁尘京国，乌衣门第”的纳兰性德长眠于此。

纳兰这一生都以武官身份演绎着最是缠绵的风流文事，自幼就显露出过人的天赋，可谓文武全才。虽然身在高位，家世显赫，但他一生淡泊名利，厌恶官场黑暗，可谓“身在高门广厦，常有山泽鱼鸟之思”。

他一生与很多汉族诗人交好，和朱彝尊、陈维崧并称“清词三大家”。后世对他的词作，尤其是《饮水词》的评价最高。况周颐在《蕙风词话》中誉其为“国初第一词手”。王国维更是在《人间词话》中称赞他“以自然之眼观物，以自然之舌言情。初入中原未染汉人风气，北宋以来，一人而已”。

徐志摩曾经评纳兰：“成容若君度过了一季比诗歌更诗意的生命，所有人都被甩在了他橹声的后面，以标准的凡夫俗子的姿态张望并艳羡着他。但谁知道，天才的悲情却反而羡慕每一个凡夫俗子的幸福，尽管他信手的一阕词就波澜过你我的一个世界，可以催漫天的烟火盛开，可以催漫山的荼蘼谢尽。”英雄或许并不想血溅沙场，巨贾富商也曾梦入寻常人家，多情才子的愿望也无非择一城终老，与爱人白头，有血有肉有心的人，我们都一样。

“山一程，水一程。身向榆关那畔行，夜深千帐灯。风一更，雪一更，聒碎乡心梦不成，故园无此声。”纳兰性德，委婉情殇，却武官一生，铭心刻骨爱过，锥心刺骨哀过。后世人爱他念他，却不敢谓知他懂他。读罢纳兰词，泪满灯月中，猜想边陲暮野里，回首依稀能见谁？帐外风雪声，心内与谁共天荒？

卷六

天若有情天亦老·和项王歌

和项王歌

汉·虞姬

汉兵已略地，四方楚歌声。
大王意气尽，贱妾何聊生！

在我国的垓下，有一种叫作虞美人的花儿。每到四月天，虞美人便开满山坡，繁花层叠，似燎原火焰，从眼前一路开到天边。薄如蝉翼的殷红花瓣，优柔轻细的茎秆，清风吹起一片水光红烟。传说当年虞姬自刎的地方，裙下花朵被她的鲜血染红，这花从此得名虞美人。

虞美人盛开的时候，空气里花香弥漫，远看一丛丛虞美人就像是群居而又孤单高傲的少女，依旧在低声诉说着当年霸王别姬的故事。

汉兵已略地，四方楚歌声。大王意气尽，贱妾何聊生！

汉军已攻占天下，四面都是楚地悲歌。大王你的壮志豪情都已经被消耗殆尽，那我活着还有什么意义呢？

传说这首诗作于霸王帐前，是和霸王悲歌“力拔山兮气盖世”，字字都是泣血的哭泣，满腹柔情化为不舍绝恋，作一句“君去妾亦相随”。

凄婉的歌声响起，虞美人在这世间最后的眼泪也即将流尽。帐外的楚歌声如幽灵盘桓，项王在深情地凝视着怀中美人。

项羽少年时，就跟随着叔父反抗秦二世的暴政，四处征战。从发事起兵开始，项羽每一次都亲历现场，身先士卒，勇猛无比，手下斩杀的敌兵无数。

项羽一生战斗力超群，巨鹿之战中，面对数倍于己的秦军，项羽命令其率领的楚军破釜沉舟，火烧连营，每人只准携带三天的口粮，以破釜沉舟之势奔赴战场。这生而为赢，不胜则死的满满荷尔蒙，何等霸气！

在这亘古未有的英雄气概的影响下，项羽手下的楚军，以一当十，个个勇猛无敌。和秦军交战九次，没有一人退缩，杀声震天，血泣鬼神，让作壁上观的各诸侯肝寒胆战，风声鹤唳之中，人人惊恐。最终，楚军击退秦军，项羽也顺理成章地作为上将军统率各路诸侯兵马。

一战成名，从此项羽这个名字就和英雄紧紧拴在了一起。

项羽灭秦后，自封西楚霸王。在后面和刘邦争夺天下的战争中，项羽逐渐由优势转为劣势。最终在公元202年，被刘邦围困在垓下，突围不得。

为了打击项羽的军心，刘邦让军中的楚人一起唱楚地的歌谣。夜晚，楚歌哀哀地在风中飘起，被围的项羽军士们听着歌声低沉，像是在给自己的命运唱着挽歌，不禁悲从中来，惶惶不安，深感大势已去。

项羽听着楚歌四面萦绕，好似身边满是楚腔的幽灵，还以为刘邦占据了楚地。昏黄的烛灯下，项羽大口地喝着闷酒，想要借着冰凉的酒水浇灭内心的沸腾和不甘。想我楚霸王一世英名，现在竟然要在这垓下丧命，心底该有多少不甘，还有多少的英雄梦没有实现？

“力拔山兮气盖世，时不利兮骓不逝，骓不逝兮可奈何，虞兮虞兮奈若何？”霸王拔剑起舞，慷慨悲歌。

“我有可以拔山的力气，奈何时运不济，乌骓宝马也悬蹄不走，乌骓走不了我该怎么办呢？虞姬啊虞姬，你又该如何呢？”

唱着《垓下歌》，项羽落下泪来，虞姬看见自己深爱着的英雄如此悲痛，往日英明神武的他此刻却像个无能为力的孩子，英雄的眼泪总是更令人心疼，虞姬的心像是缠绕了千尺绸缎，越来越紧，生生分离的痛楚在生命里破裂弥漫。

虞姬是沐阳人，拥有倾国倾城的容貌，艳绝他人的才艺，极善歌舞，一直备受项羽的宠爱。

她和项羽相逢于微时。项羽年轻的时候曾经因为杀人避祸躲避到吴中的亲戚家，即今日的苏州附近。虞姬的家就在会稽郡，是当时吴中的名门望族。相传虞姬曾说，要是有人举起家乡小庙的千钧之鼎，就嫁与他。众人都望而却步，唯独项羽举起了鼎，虞姬信守诺言，当即嫁给了他。项羽因此名声四起，江东子弟纷纷投奔，成为霸王随后灭秦的主要部队。

从那时起，虞姬就一直伴随在项羽的身边。做王的女人，自然不是一个只会倒酒绣花的花瓶公主，她除了歌舞也善骑射。项羽即使是到处征战，虞姬也总能陪伴左右，楚霸王对这个侠气大义的女人，不仅有情人式的爱，更有战友似的情。

如今，四面楚歌，身陷危局，面对自己心爱的男人，那个曾经心照乾坤的男人，虞姬依然爱得沉醉。这一路走来，无论面对怎样的危局，她从来都没有见过此刻一样颓废的霸王。他可是西楚霸王，力拔山兮气盖世的大英雄啊！虞姬深深明白，已经到了最后时刻，自己不能做霸王的拖累。

她起身进入内帐，换上自己最喜欢的那身华贵的大黄锦服，用心整理衣裙，残妆补全，细细拍好胭脂。

走出内帐的虞姬美艳哀绝。她从霸王手中夺过酒杯，一饮而尽，为霸王再舞一次。

“自从我，随大王，东征西战，受风霜，与劳碌，年复年年，何日里，方免得，兵戈扰乱？消却了，众百姓，困苦颠连……”

一曲歌罢，虞姬泪流满面，她伸手抽出霸王身旁的长剑，凝眸望着心上人，一剑抹过脖颈，血落花红。

“明月满营天似水，那堪回首别虞姬。”（唐·胡曾）项羽抱着怀中已经香消玉殒的虞姬，失声恸哭。悲伤、不舍、歉疚在心头凝成了一道化不开的冰墙，热血霸王的心此刻如坠冰渊。虞姬一生陪伴项羽，为爱做尽温柔事，至死方休。

刘邦后来厚葬了为项羽殉情的虞姬，这个感动了敌人的女子名留青史。从此以后，在虞姬自刎的地方，开出了一种艳丽哀婉的红色花朵，这就是“虞美人”。

虞姬的真心和刚烈，令后人无限崇敬，宋朝大词人苏轼曾作诗：“帐下佳人拭泪痕，门前壮士气如云。仓黄不负君王意，独有虞姬与郑君。”清朝诗人何溥也感慨：“遗恨江东应未消，芳魂零乱任风飘，八千子弟同恨汉，不负君恩是楚腰。”

“虞兮奈何自古红颜多薄命，姬耶独留青冢向黄昏。”时空无语，只留下痴情盛放的虞美人，在历史尘埃中，染透一片秦末天空。

天若有情天亦老，秦末的风霜，让我们不禁长叹，旷世的爱情随着虞美人在马背上一世流离，沉淀为经典。遥想霸王指点江山，英雄末路儿女情长，不枉虞姬深爱一场。同样，能得到虞姬的深情眷顾，即使未得天下，也不负英雄之名。

虞姬，在史书中只是个被一笔带过的小女子，却一直饱满地活在民间传说中，楚汉相争的壮烈也敌不过爱情的凄美。千年之后，时空回转，小豆子咿咿呀呀地吟唱，时代见证了另一份旷世深情，只是可惜程蝶衣终此一生，也没有找到自己的真霸王。

卷七

千里蒹葭情思长·送友人

送友人

唐·薛涛

水国蒹葭夜有霜，月寒山色共苍苍。

谁言千里自今夕，离梦杳如关塞长。

说起成都的名人故居，那就不得不提赫赫有名的杜甫草堂。仰仗着杜甫的大名，到成都的游客都会来这里看看，感受那穿越千年的“诗圣”才思。

然而在成都，还有一座纪念诗人的建筑，曾一度与杜甫草堂平分秋色。有联为证：“古井冷斜阳，问几树枇杷，何处是校书门巷？大江横曲槛，占一楼烟月，要平分工部草堂。”这就是同样坐落在锦江边的望江楼了。

望江楼又名崇丽阁，是清朝时期为了纪念唐朝著名女诗人薛涛而建。

一介女流，竟然说她要“平分工部草堂”，世人对其才情的推崇可见一斑。实际上，此女才思确非寻常。

薛涛，唐朝著名女诗人，字洪度。薛涛与李冶、鱼玄机、刘采春并称唐朝四大女诗人，更与卓文君、黄娥、花蕊夫人并称蜀中四大才女，是一位在诗坛上盛名久存的女子。

她本是长安人，生于官宦人家。其父薛勋是唐朝名将薛仁贵之后，历来恪守祖训，一心报国，后奉旨入川，任成都刺史。

薛勋文武全才，对薛涛这唯一的掌上明珠倍加宠爱。因此薛涛很小的时候就开始认字、读诗。有一次，她和父亲在庭院的梧桐树下乘凉，看着笔直茂盛的梧桐树，薛勋触景生情，张口吟诵：“庭除一古桐，耸干入云中。”

“枝迎南北鸟，叶送往来风。”正在一旁玩耍的薛涛，听见父亲深沉的吟诵，头也没抬地随口就把诗的后两句续上了。薛勋大为震惊，隐约觉得“迎南北”和“送往来”略有风尘气，担心将来自己的宝贝女儿生活艰难。

薛涛八九岁的时候，薛勋因为出使边境之地，难耐那里的瘴气，急染瘴疠，去世了。

自此，这位从未离开父亲羽翼呵护的小公主开始面对世间风雨，和母亲相依为命。然而世事难料，没过几年，母亲也染病去世。此时薛勋的朋友李推官见状，对容姿既丽、才气逼人又孤苦伶仃的薛涛打起了坏主意。为了巴结西川节度使，李推官不顾和薛勋的友谊，强行将薛涛纳入乐籍，充当营妓，献给节度使。可怜薛涛一身才华满腹诗书，却不能主宰自己的命运，无奈地坠入风尘。真是应了当年的“迎南北”和“送往来”。

回到诗词本身，薛涛虽然只是小女子一个，可她的诗词却常被人称颂“工绝句，无雌声”。这首《送友人》毫不逊色于同时期才子名流们的诗作。

水国蒹葭夜有霜，月寒山色共苍苍。

水国的夜晚，蒹葭上落了淡淡月光，深夜青山与月色融为一体，变得苍茫无望。

这两句写离别之夜的月色和山景。化用《诗经》“蒹葭苍苍，白露为霜”的诗句。在没有秋雨、未见秋风、乏善秋景的意境下，用一个简单的“蒹葭”，让人心生悲怆。夜色孤寂，登山望水，诗人远远地见到“水国蒹葭夜有霜”，想起《诗经》里的寂寥空荡之感，心内委实难过。

月华如雪，凉夜惜别。诗人从心底升腾起对这肃杀秋季的幽怨之意。“悲哉秋之为气也，萧瑟兮草木摇落而变衰；憭栗兮若在远行，登山临水兮送将归”，这样的时节送别友人，自是百味丛生。

《诗经》有云：“所谓伊人，在水一方。溯回从之，道阻且长；溯游从之，宛在水中央。”在这里，诗人用诗中对美人这种“求之不得”“若即若离”的心情，来寄托自己对于友人远去，世事无常，后会无期，只有暗暗怀恋的心绪。从《诗经》中截取一段情景来寄托自己的情绪，使诗句的内涵变得深厚，情丝悠长，余味悠远，美哉妙哉。

谁言千里自今夕，离梦杳如关塞长。

谁说和友人的千里之别从今晚就开始了呢？虽然诗人并没有表达离别到底始于何时，我却读出一种伤悲的预感，全部的离别都已然写好，

“今夕”只不过刚好是你转身的时间节点。想到电影《布达佩斯大饭店》，男主角的情人最后一次见到他时，说道：“我感觉这是最后一次见你了，我感觉到了。”分别匆匆，无法带着体温再次相见，恐怕也是写好的桥段。生命是一场漫长的分离，就连梦里的相逢都是那样杳无踪迹，无处可寻。平静如斯一句再见，竟像天长地远的关塞一样缥缈幽远，不可追寻。

诗人不愿相信“千里佳期一夕休”的谶语，似乎也期待着即使分离，亦可“隔千里兮共明月”。这是一种宽慰的语调，宽解自己内心的不舍，与前文的“蒹葭之情”形成了一个刻意的转折，使得情思更加绵长，可以看出诗人对这份友情的难舍和执着。想劝自己，却又不愿相信的出离感，内心幽曲，跃然诗面。

曾经时刻相伴的密友就要奔赴塞外，那是“天长地远魂飞苦，梦魂不到关山难”（李白《长相思》）的塞外；那是“秦时明月汉时关，万里长征人未还”（王昌龄《从军行》）的边陲；那是“君不见走马川行雪海边，平沙莽莽黄入天”（岑参《走马川行奉送出师西征》）的无垠荒野。

“离梦杳如”几个字像是诗人此刻想要挥起的离别之手，也似无论如何抬不起的衣袖。“关塞长”，是一段连“梦魂”都难以抵达的距离，已经尝过人间五味的小女子已经不再有信仰“相逢”的勇气，上一句的劝慰之语到这里又被自己全盘推翻，内心的纠结缠绕越深，诗人的思念便越沉重。

诗人深谙“绝句于六艺多取风兴，故视它体尤以委曲、含蓄、自然为高”（《艺概·诗概》）的写法，将自己的情感剖成幽微的三层，先作相思苦语，继而宽解自己，复而又紧，如此便“首尾相衔，开阖尽变”（《艺概·诗概》）。

薛涛是很善用女性特质的人，常以细腻婉转的心思来剖析情感，再糅合自己深厚的文学功底，化用前人的名篇名句，层层推进，曲折深入。诗人化用之时能如此地不着痕迹、耐人寻味，实属难得。因而多有人对此诗推崇备至，如《名媛诗归》中曾赞曰：“月寒乎？山寒乎？非‘共苍苍’三字不能摹写。浅浅语，幻入深意，此不独意态淡宕也。”周珽也曾这样说过：“征途万里，莫如关塞梦魂无阻，今夕似之，非深于离愁者孰能道焉？徐用吾曰：情景亦自浓艳，却绝无脂粉气。虽不能律以初、盛门径，然亦妓中翘楚也。上联送别凄景，下联惜别深情。”整首诗舒朗明畅，清气一空，可以感受到薛涛确实是个“深谙离愁者”，这种对痛苦一目了然又心痛复坦荡的情感交错，女子中颇难得一见。

薛涛虽然被迫为妓，但是她过人的才华和灵气在唐朝那个诗人辈出、群星璀璨的年代依然为女才子树起一座丰碑。唐代官员往往都是出身科举，又爱好赋诗作曲。薛涛凭借自己的才华和容颜，与许多著名诗人都有来往。放在近代，她的交际圈堪比林徽因的闲话沙龙，如果薛姑娘当时玩儿微信朋友圈，那给她点赞的可是白居易、张籍之辈啊！

薛涛的成名还离不开一位伯乐的赏识，他就是中书令韦皋。两人初遇在一次酒宴上，薛涛小有才名，韦皋想试试这位美人的才华，于是命薛涛即兴赋诗一首。薛涛从容地铺开洒金白纸，拿起毛笔，文不加点地写出了《谒巫山庙》。

“朝朝夜夜阳台下，为雨为云楚国亡。惆怅庙前多少柳，春来空斗画眉长。”韦皋看到这两句不禁拍案叫绝。这首诗暗合国家兴衰，这般气度和胸怀，若不是亲眼所见，实难相信是出自一个柔弱女子之手。这首诗顿时让薛涛在成都城中声名鹊起。

自此，她就成了韦皋帅府的红人。

出入得多了，帅府有些案牍工作便渐渐托予了薛涛，以薛涛的才学，这样的事情不过是小菜一碟。薛涛写的公文，既工整细致，又才情洋洋，韦皋突发奇想地要为薛涛争取“校书郎”的工作。

“校书郎”虽然只是一个“从九品”的小官儿，平时只负责写写公文，校对藏书等比较清闲的文字工作，但是因工作内容的特殊性，门槛其实是很高的。唐朝有明文规定，一般只允许进士担当此职。白居易、李商隐、王昌龄等大诗人都曾做过这个官。还从未有哪一个不是进士出身的人担当此职，何况还是一位女子，薛涛能得到这般举荐，实属凤毛麟角。

然而，此时的小薛毕竟年轻，平日生活中备受宠爱的她，难免会恃宠而骄。很多人看见薛涛如此受韦皋的重视，于是纷纷向她送礼，希望能通过薛涛攀交韦皋。少不经事的薛涛竟然悉数收下。虽然后来她把礼物全部都交给了韦皋，但是素来唯我独尊的韦皋因为这件事情非常不爽，一怒之下，将她发配到苦寒之地——松州（今四川省松潘县）。

松州地处边陲，瘴疠凶险，非她一个养尊处优的弱女子所能忍受的。想起在边境因瘴疠而去世的父亲，薛涛非常害怕。她开始反思自己先前的张扬生活，把各种心酸感受写成了动人的《十离诗》。

其中流传比较广的有：

《鹦鹉离笼》："陇西独自一孤身，飞去飞来上锦茵。都缘出语无方便，不得笼中再唤人。"

《燕离巢》："出入朱门未忍抛，主人常爱语交交。衔泥秽污珊瑚枕，不得梁间更垒巢。"

《鱼离池》："跳跃深池四五秋，常摇朱尾弄银钩。无端摆断芙蓉朵，不得清波更一游。"

薛涛通过对发配途中凄凉景色的描写，传达自己的悔悟之心。韦皋本意也是敲打薛涛，读了《十离诗》见她认错，也就下书将她召回成都。

经历过这一次的劫难，薛涛终于看清了这世界，也看清了自己的位置，自己不过是笼中鹦鹉池中鱼罢了，哪里有权主宰自己的命运。回到成都不久，她想办法脱去了乐籍，恢复了自由身。在成都西郊的浣花溪旁，买了一座绿树茵茵的园子，安心地种起了枇杷，栽上了丁香。

这一年，才女薛涛，不过二十岁。

从此，薛涛至死都没有离开过成都。太和五年，即公元832年，才情爆表却一生孤苦的薛涛永远闭上了她那双秋波暗转的眼睛。这一年，薛涛六十五岁。因为她的才名，死后也备受人们的尊敬。时任成都剑南节度使的段文昌亲手为她题写了墓志铭，她的墓碑上刻着“西川女校书薛涛洪度之墓”。

她最后葬在了锦江边——这一生眺望最多的地方。晚唐有诗云“渚远清江碧簟纹，小桃花绕薛涛坟。朱桥直指金门路，粉堞高连玉垒云。窗下斫琴翘凤足，波中濯锦散鸥群。子规夜夜啼巴树，不并吴乡楚国闻”，这位“扫眉才子”长眠于此。

现在的薛涛墓在四川大学旁边的望江公园深处。毗邻这样一座青春飞扬、才人辈出的当代大学堂，也算是不辜负薛涛穿越千年的才情吧。

卷八

云空未必空·长亭怨

长亭怨·旧居有感

宋·张炎

望花外、小桥流水，门巷愔愔，玉箫声绝。鹤去台空，佩环何处弄明月？十年前事，愁千折、心情顿别。露粉风香谁为主？都成消歇。

凄咽。晓窗分袂处，同把带鸳亲结。江空岁晚，便忘了、尊前曾说。恨西风不庇寒蝉，便扫尽、一林残叶。谢杨柳多情，还有绿阴时节。

词作者张炎，字叔夏，号玉田，又号乐笑翁。他精通音律，属于格律派，优美整齐富于逻辑，是南宋最后一位著名词人。

张炎家世显赫，是宋朝著名将领循王张俊的六世孙。他青年时期大部分时间都住在南宋都城临安（今杭州），过着富贵闲人的优渥生活。他的父亲张枢也是一位颇有名气的词人，熟谙诗词音律，还曾经和周密一起结社作词，结为密友，是“西湖吟社”重要成员。

书香门第，耳濡目染，张炎的文学修养十分深厚，他还曾经从事过词学研究，颇有心得，著有《词源》一书，主张“清空”“骚雅”，整理了宋末格律诗派和婉约派的主要艺术作品。《词源》是后世研究词学绕不过的一本著作。此外，他有一本词集——《山中白云词》，空灵优美，心思绮丽，在当时很受欢迎。

他在词史上的地位颇高，一般都把他和著名词人姜夔放在一起并称为“姜张”。还把他和南宋其他三位著名词人蒋捷、王沂孙、周密放在一起并称“宋末四大家”。

张炎的前半生都在优越闲适的生活中度过，本可以一辈子拈花微笑云淡风轻，和他父亲一样写写词、结结社，做点儿自己喜欢的事情，潇潇洒洒精彩一生。

然而，随着南宋的灭亡，张炎的家道突然衰落。他被迫离开居住多年的旧居，开始羁旅行役的生活。他曾一度北游至燕赵谋官，希望可以有所建树，却未能如愿，只有失意南归。

这首词就是作于词人离开故居十年之后，此时词人的状况和十年前比已如天渊之远。落拓蹉跎，被现实磨砺的他早已没了当年的意气风发。再回到故园，面对整个青春时光的物是人非，不禁悲从中来。此情此景，断歌无数，是“物是人非事事休”也解不了的愁绪，于是词人填下了这篇动人的长亭怨。

望花外、小桥流水，门巷愔愔，玉箫声绝。

伫立于萧瑟府邸的门外，凋花蔽柳，想起昔日的小桥流水，门庭若市。现如今却已是一番门楣破败、院墙灰暗、草木萧条之景，再也没有优雅丝竹，金银玉箫之声了。从昔日的盛景到今日的寂寞，不过仅仅十个寒暑，回想自己这些年的遭遇，往事蹉跎如梦，不知从何忆起。

鹤去台空，佩环何处弄明月？十年前事，愁千折、心情顿别。

此处化用唐朝诗人“昔人已乘黄鹤去，此地空余黄鹤楼”的诗句。用来比拟词人自家院落十年前衰败后的空荡景象。紧接着，词人又化用杜甫的怀古诗“环佩空归月夜魂”来表达对自己妻子的怀念。

这里早已是鹤去台空，荒无人烟了，爱妻的魂魄若是月夜归来该落脚何处呢？想起十年前故居被没、背井离乡、落魄漂泊，现如今重游故地仍旧是心情委顿，愁怨千层，不想面对。十年弹指一挥间，沉寂于历史长河中或许连涟漪都不曾激起，而十年光阴对于一个人来说，却有着沧海化桑田的力量，回首向来处，酸涩苦辣，一首诗岂能道尽？

露粉风香谁为主？都成消歇。

遥想当年繁花迭迭，庭院流光，人面桃花处处生机，分不清到底人主宰着花的盛开，还是花未料人意，就放肆出整个春天的香味来。这座院落在那时那地，承载了享不尽的人天和谐，此刻空梦乍醒，胜景已全部香消玉殒。

凄咽。晓窗分袂处，同把带鸳亲结。江空岁晚，便忘了、尊前曾说。

凄情呜咽，黎明硕寒，又走过当年和妻子阴阳诀别的那扇窗户，顿时泪飞声残。当年我俩一起亲手挂上鸳鸯结的地方斑驳依旧，而鸳鸯结早已不在，但彼时的情景和心情蒙太奇般在此刻的脑海里全部放大，无限清晰。

纵使十年之后，若独自一人再走过这段路，也无法因为江岸空旷，年华已老，就忘记当时的情景。分分秒秒，语笑嫣然统统昨日重现。

恨西风不庇寒蝉，便扫尽、一林残叶。谢杨柳多情，还有绿阴时节。

西风乍起，草木皆枯，不免教人生恨，凉天里的噤噤夏蝉丝毫不被同情与庇护，一朝便扫尽了整座树林残叶，让欢快了一夏的知了无处躲藏，萎着蝉翼走向死亡。这句话运用了比兴的手法，借用寒蝉比喻南宋小朝廷，西风比喻元朝，直白地呈现出元朝侵略宋朝的残酷景象——“扫尽一林残叶”。

故居岸边多情的杨柳想起便令人心怀感激，蓊郁悠扬，从春至夏，从枯到荣，岁岁荫荫，如是多年过去，依旧默守江边，情意绵绵。但是离散四海的游子们却再也没有重逢的机会，也无法再折柳送别了，徒留柳枝柔韧的身躯随风荡漾，柳绦下依依相偎的有情人也芳踪难觅。

这首词以昔日门庭盛景开头，以今日门前败柳结尾，多处运用比拟的手法，词风婉转，情深动人。正如邓廷桢所写，此词“返虚入浑，不啻嚼蕊吹香”。(《双砚斋随笔》) 词人借景抒情，清空蕴藉，写出了属于张炎自己的独特情味。

张炎这一生，起起伏伏，全是被时势所造弄。当年他也是恃才傲物，满腹家国的男儿。日日花前买醉，呼号掷笔，为我们留下了一些难得的佳作。曾有人评说他的词作：“鼓吹春声于繁华世界，能令后三十年西湖锦绣山水，犹生清响。”

当元兵攻破临安城，张炎眼看着自己的祖父张儒惨死在乱军刀下，却无能为力，只得仓皇而逃。自此，他词风突变，从花红柳绿的小情小调，转为对故国衰亡的悲情哀思，节奏低沉，气氛越发地悲凉。如《八声甘州》一词：

记玉关、踏雪事清游，寒气脆貂裘。傍枯林古道，长河饮马，此意悠悠。短梦依然江表，老泪洒西州。一字无题处，落叶都愁。

载取白云归去，问谁留楚佩，弄影中洲？折芦花赠远，零落一身秋。向寻常、野桥流水，待招来、不是旧沙鸥。空怀感、有斜阳处，却怕登楼。

此诗作写于作者北游期间，傍晚在枯林古道，看长河饮马，本应满是诗情画意，却忍不住“老泪洒西州”。提笔心伤，一个字都写不出来，身边的落叶都为自己的忧愁所感，也泛起愁态。想问一问天边白云，是谁在中洲舞弄清影？只能折一枝芦花遥寄远方故人，寒冷的秋天却只能漂泊零落在外，看见野外路边的小桥流水，不禁黯然神伤，等走到近处，才看清并不是旧日里所见的沙鸥。空留悲情满心间，夕阳西下美景甚好，若是从前，本应登楼远眺，乐享美景云天，此刻却不敢登上高楼，去望一望那烽火狼烟的故国方向。

陈廷焯曾评此词云：“苍凉悲壮，盛唐人悲歌之诗不是过也。‘折芦花’十字警绝。”（《词则·大雅集》卷四）更有人赞此词：“能用重笔、力透纸背，为《白云词》中所罕。”（《玉田词选释》）

命运也许本就美在它的不可预知，繁花似锦的开头不一定能拥有芳香扑鼻的结局，同样，每一个糟糕的时刻也并不意味着死局，若是没有这般颠沛流离，张炎或许也无法留下如此美丽的几番愁词为人所赞叹。无论逆境挫折还是顺风顺水，平静接纳，勇敢面对，都好过自怨自艾或狂欣乍喜。

云空未必空，长亭怨慢终成空。

卷九

阡陌纵横漂泊苦·吁嗟篇

吁嗟篇

三国魏·曹植

吁嗟此转蓬，居世何独然。
长去本根逝，宿夜无休闲。
东西经七陌，南北越九阡。
卒遇回风起，吹我入云间。
自谓终天路，忽然下沉渊。
惊飚接我出，故归彼中田。
当南而更北，谓东而反西。
宕宕当何依，忽亡而复存。
飘飖周八泽，连翩历五山。
流转无恒处，谁知吾苦艰。
愿为中林草，秋随野火燔。
糜灭岂不痛，愿与根荄连。

【〇八七】

在今山东省的东阿县鱼山镇上，有一座著名的古人陵墓，墓主就是“才高八斗”的曹植［南朝诗人谢灵运曾称赞曹植：“天下才共一石，曹子建（曹植）独占八斗，我得一斗，天下共分一斗。”］。

传说曹植生前多次游历鱼山。那个时代的鱼山，满山葱茏，绿水缠绕。向东望去，旧时生长的都城依稀可见，他便萌生了死后要安眠于此的愿望。

曹植死后，其子依照他的遗嘱，将他安葬于此地。

一代“诗宗”就此陨落，无力再尝人间冷暖，无缘再续诗酒风华。他的命运就像是《吁嗟篇》里的那只“转蓬”，“长去本根逝，宿夜无休闲”。

吁嗟此转蓬，居世何独然。长去本根逝，宿夜无休闲。

嗟叹我这只随风飘荡的飞蓬啊，活在人世间多么艰难。寒空凄照里，随风永远地离开了原本的根茎，每日每夜都不能停歇。

东西经七陌，南北越九阡。卒遇回风起，吹我入云间。

从东向西不知道飞过了多少曲折小路，从南到北不知道越过了多少荒芜的田野。突然遇见回旋的疾风，直直地把我吹向万里云端。

自谓终天路，忽然下沉渊。惊飚接我出，故归彼中田。

天真地以为飘到天边就是尽头，谁知突然坠入了无尽深渊。狂风又狰狞着将我从深渊中吹起，仍旧把我送回最初的那片田野。

当南而更北，谓东而反西。宕宕当何依，忽亡而复存。

正要向南方飞，却突然飘向北，正要去东边一望，却倏地飞向西。飘荡神游之间，我不知要落脚在哪里，风时而吹起时而消逝。

飘飖周八泽，连翩历五山。流转无恒处，谁知吾苦艰。

我飞过了周围所有的湖泽，翻越了所有的山巅。遍尝颠沛流离居无定所之苦，有谁能体会我的悲苦艰难呢？

愿为中林草，秋随野火燔。糜灭岂不痛，愿与根荄连。

我愿做森林中最平凡的一株小草，随着秋播的野火，化作袅袅尘烟。被野火化为灰烬的确痛彻心扉，但只要能和生命之根紧紧相连，我也是心甘情愿。

曹植，字子建，曹操之子，生前曾被封为“陈王”，死后谥号为“思”，后世又称其为“陈思王”。曹植自幼受到良好的文学熏陶，很小的时候就展露出过人的才华，与其父曹操、其兄曹丕并称为“三曹”。

历史上的曹丕，对待兄弟极其苛刻。称帝后，罢了二弟曹彰的兵权，逼死四弟曹熊，三弟曹植凭借七步成诗躲过一劫，但仍然免不了“十一年中而三徙都”。

此诗拟乐府旧题《苦寒行》，是一首咏叹“转蓬”命运以自比的寄情于物之作。据古书所载，“转蓬”是一种菊科植物，秋天花朵干枯，遇风即四散飞舞。转蓬在秋风中无可依归的样子是诗人无法掌控自己命运的一种象征，他被皇帝肆意处置的情形与风儿摆布转蓬的画面相似。曹植的“转蓬”真是他自身近况的完美譬喻。

曹植自幼才华超群。据史书记载，曹植凭借过目不忘的本领，十余岁就已诵读各种诗文赋曲，出口成章，倚马可待，深得曹操的宠爱。

当年，邺城铜雀台初落成，为了彰显自己身后贤人会聚，曹操召集了一大批文人名士，登台作赋，曹植也在其中。

当时曹植只有十九岁，拿到命题后，稍加思索，挥毫而就《登台赋》。曹操看后，盛赞不止，深为儿子的才华惊叹。

一向爱才的曹操，从此动了“立贤废长”的念头。他曾多次对身边的大臣们提及自己想要将王位传给曹植的意思。面对才思敏捷的弟弟，世子曹丕深为惶恐，仇恨的种子渐渐在心底疯长起来。

曹植天资聪慧，但生性自由放诞，不拘礼法，在权术和心机等方面远不及曹丕。曹操晚年，曾派曹植领军救援被关羽围困的曹仁。曹丕得知后，找到曹植逼其饮酒，结果曹植喝得酩酊烂醉，曹操多次派人前来催促，都未能把醉梦中的曹植喊起来。

曹操不得已取消了由曹植带兵的决定。自此曹植在曹操心中也成了一个不能克己的放荡之人。曹操尽管喜爱曹植的文才，但作为政治家和军事家，他更看重曹植的政治品格。“任性而为，饮酒不节”，这是曹植身上最令曹操所不能容忍的缺点。

于是，最能矫情自饰的曹丕赢得了世子之位。建安二十五年，曹操病重去世，曹丕继承大统，次年登基称帝，史称“魏文帝”。和曹操一样，曹丕生性善妒，曹植闲适优渥的生活自此终结，开始了他悲惨的后半生。

曹丕登基后，面对这位曾经备受父王宠爱的弟弟，处处刁难。为了防止他与其他宗室结交，威胁自己的地位，他严禁各个宗亲与曹植联系。同时将曹植的封地由京城边的鄄城，迁至遥远的雍丘，甚至严禁曹植进京觐见，更不准祭奠曹操。

后来曹丕又给曹植冠以“起兵造反”的污名，将他迁去了更远、更贫穷的“浚仪”。直到后来曹丕逝世，曹睿登基，曹植才又从“浚仪”

迁回雍丘，但随后又被曹睿赶至“东阿”，并殒命于此。从曹操去世，到曹植故去，只有短短十二年。这十二年间，曹植竟三次迁徙，可见当朝对他的不信任与迫害有多么严重。

《吁嗟篇》就作于魏明帝太和三年（229年），他在诗中借“转蓬”的流离命运，借喻自己痛苦的漂泊生活。还未在一个地方站稳脚跟，就要马不停蹄地迁往别处，这种无休止的轮转，使诗人痛苦不堪。

开头便忍不住发出嗟叹之声，感叹这“转蓬”任由秋风宰割的命运。迫不得已离开自己祖生之根，随风飘转。“长与本根逝，宿夜无休闲”这两句写得尤为沉痛，秋风乍起，转蓬逃脱不了自己漂泊的命运，就如同诗人逃脱不了迁移的命运一般，随着秋风的呼号，潜入漫无边际的荒野。

“东西经七陌，南北越九阡。”“转蓬”无奈地在秋风中飘荡、彷徨。东南西北，阡陌荒山，天路深渊，转蓬无一例外地走走停停，但始终无法掌握自己的命运。拔地而起的秋风，对于柔弱的转蓬，就像一只不由分说、肆意妄为的魔鬼之手，诗人的心情飘飘荡荡，无所适从。这是一场看不见尽头的劫难，看不见出路的黑暗，绵绵不绝的是苦闷，是惊颤，是悲哀。

周而复始的漂泊，让诗人忍不住发出“宕宕当何依，忽亡而复存”的凄怆感叹，是啊，到底哪里才是我的归处呢？我明明已经飞过了“八泽”，飘过了“五山”，沉沉浮浮，历经苦辛，可我仍旧无处可依。这种无依的伤感，不仅仅是肉体的辗转孤苦，更是心灵的流离失所，一向养尊处优的曹植，在命运的波澜里，身心饱受折磨。

此时的“我”早已和“转蓬”融为一体，“转蓬”的命运就是诗人的命运。从云间到地底，诗人只想“愿为中林草，秋随野火燔”。如果有来生，诗人一定不再想要这漂泊的命运，哪怕是受到烈火的淬烤，当风扬灰烬，也只想要落叶莫飘远，飞花不离根。

“糜灭岂不痛，愿与株荄连”，这卑微的愿望，却是诗人最真的心境，最悲怆的呼号，最裂心的追求。与根相连的日子，我们常常认为根是牵绊，真的离开了备受呵护的环境，把自己交给命运的狂风时，才明白根是牵挂。

卷十

易水萧萧壮心不改·贺新郎

贺新郎

宋·辛弃疾

绿树听鹈鴂。更那堪、鹧鸪声住，杜鹃声切。啼到春归无寻处，苦恨芳菲都歇。算未抵、人间离别。马上琵琶关塞黑，更长门、翠辇辞金阙。看燕燕，送归妾。将军百战身名裂。向河梁、回头万里，故人长绝。易水萧萧西风冷，满座衣冠似雪。正壮士、悲歌未彻。啼鸟还知如许恨，料不啼清泪长啼血。谁共我，醉明月？

辛弃疾在我心中一直是最铁骨铮铮的汉子，年少从军，铁马金戈二十年，气吞万里如虎。中年遭贬，四次赋闲二十年，郁郁不得志。在他的作品里，哪怕是柔情，也大都以刀剑的方式展现。稼轩用词厚重，语气果断，长短句错落，短句尤其铿锵有力，读来令人心悸。猛男笔凌锋，满满荷尔蒙。这首《贺新郎·别茂嘉十二弟》也不例外。

绿树听鹈鴂。更那堪、鹧鸪声住，杜鹃声切。

路边绿油油的树林里，传来鹈鴂的叫声，声声凄厉，令人悲伤不已。然而这边鹧鸪鸟的呜咽声刚刚停住，那边杜鹃鸟又开始发出悲切的哀鸣。

啼到春归无寻处，苦恨芳菲都歇。算未抵、人间离别。

这些鸟儿们一直啼叫到春天逝去无寻觅处，百花凋残芳菲落尽，实在令人厌烦。算起来，这一件件都抵不上人间的苦痛别离。

马上琵琶关塞黑，更长门、翠辇辞金阙。看燕燕，送归妾。

汉代王昭君骑着马儿弹着琵琶，离开汉宫远嫁塞外荒野，跨越幢幢黑影，壮心不已。更有汉朝的陈皇后阿娇失宠后幽闭长门别馆，坐着翠绿的轿辇辞别熟悉的皇宫。还有那春秋时卫国的庄姜夫人，看着双飞燕，默默目送戴妫夫人离开。

将军百战身名裂。向河梁、回头万里，故人长绝。

汉代的名将李陵身经百战，却因投降匈奴，身败名裂。等到牧羊的苏武扬着旌旗回朝时，李陵却只能站在界河边送别故人，遥望万里之外的故国，与友人永诀。

易水萧萧西风冷，满座衣冠似雪。正壮士、悲歌未彻。

易水河边萧瑟秋风，满座的宾客白衣胜雪。此时荆轲正在告别，慷慨悲歌唱不尽，声不绝。

啼鸟还知如许恨，料不啼清泪长啼血。谁共我，醉明月？

啼鸟要是知道人间有这么多悲苦的事情，料想它们该不会在啼叫时流下清泪，而是悲鸣带血了吧。如今茂嘉弟就要远行，还有谁来与我共同饮酒赏月，一醉方休？

这首诗和一般的送别诗不同，没有直接地描写送别时的场景，甚至连送别的主人公都只是一带而过，却通过列举大量古代离别的例子，来抒发一别的郁愤之情。

词的开头借鸟声起兴，各种鸟声的错综交织，虚虚实实，形成强烈的哀伤氛围。而这三种鸟的选取，也是有学问的。《离骚》有句曰：“恐鶗鴂之先鸣兮，使夫百草为之不芳。”可见在古代“鶗鴂”是一种“悲感”的代表，颇有美人迟暮、良辰早逝的悲切之意。第二种鸟鹧鸪，它的叫声很特别，古书上形容是“行不得也哥哥”，仿佛在劝说你不能走。杜鹃鸟的啼鸣也很悲切，传说蜀王望帝，在痛失家国之后，魂魄化为杜鹃鸟，日日在故土上空盘旋，悲鸣“不如归去”，哀啼的鲜血染红了山上的杜鹃花。这三种悲鸣之鸟的选取极妙，寄情层次丰富，视角独特。

在这几种鸟儿的悲鸣声中，词人的心绪翩飞，想起古人诸多的“离恨”。词人想起王昭君抚弦远嫁匈奴，一步三回头地离开汉宫；想起汉武帝时，曾被刘彻“金屋藏娇”的陈皇后阿娇，终失圣宠，匆匆辞别“金屋”，独居长门宫。

之后，词人化用了三个典故。首先，《诗经·邶风》有一首《燕燕》诗，传说是春秋时庄姜送别戴妫。庄姜是卫庄公的妻子，生得美丽，却没有生育能力。庄公有一个小妾名叫戴妫，为卫庄公生了一个儿子，取名完，庄公死后，太子完即位。然而完年少，在位不久就遭属下叛乱，被杀。戴妫伤心不已，离开卫国。《燕燕》即是庄姜在送别戴妫时所作。

其次，李陵和苏武的故事更是家喻户晓，辛弃疾截取了李陵最后送别苏武的片段，一个投降，一个守节十九年，别离的到来，意味深长。据《史记》记载，苏武最后和李陵分别之时，长河漫漫，李陵只有“异域之人，一别长绝”八字别语。

最后，荆轲赴秦前，燕太子丹在易水摆宴送别，一行人全都白衣白帽，荆轲慷慨悲歌“风萧萧兮易水寒，壮士一去兮不复还”。

作者列举的这些事例都是极其悲痛之事，虽然我们无从知晓“茂嘉弟”此别的原因，也无从得知当时二人分别的场景，但是这些故事和情景，给读者一种深刻的感受，这不是一般的离别，这大概是生离死别，一绝永远的断肠凄哀。

这也是我心目中，最恰当的“辛弃疾”的“别情”。千言万语，最后都化作一杯酒，与明月同醉，入肝入胆最入人心。

整首词大开大合，别开生面，体现了词人驾驭文字的超凡功力，我想这种作词手法，和词人曾在沙场上指挥千军万马是分不开的。

辛弃疾，南宋著名词人，号稼轩，出生济南府。他出生时，宋朝便在金兵的驱赶下放弃北方，偏安于临安城。二十一岁时，辛弃疾参加抗金的义军，表现出非凡的作战才能，和家乡的父老乡亲一起，把恢复家园作为自己的使命。

辛弃疾不仅有抗金的热情，而且还极富才干，智勇双全，武功高强。据《稼轩记》记载：“赤手领五十骑，缚取于五万众中，如挟狡兔。束马衔枚，间关西走淮，至通昼夜不粒食。壮声英概，懦士为之兴起，圣天子一见三叹息。”万军之中，生擒敌军上将，称辛弃疾为万人敌也不过分。从军二十多年的经历，使辛弃疾的词中经常出现“醉里挑灯看剑”“把吴钩看了”等充满着刀光剑影的句子。这可不是书生矫揉造作想象出来的桥段，而是深深印在词人脑海中的场景，以热血与生命换来的体验。

想当年，山河破碎，金人铁骑肆虐，南宋朝廷却偏安一隅，醉生梦死。辛弃疾的抗金主张，与朝廷格格不入，因此也屡受同僚排挤。几经生活磨难，词人终于写出了“众里寻他千百度，蓦然回首，那人却在灯火阑珊处”的千古名句。那时辛弃疾究竟是怎样的一种心境，我无从得知。但我时常揣测，在遭遇无数次希望和失望的轮回后，词人的心恐怕早就伤透了。伤心人写伤心事，伤心事成伤心词。所幸词人虽对南宋朝廷心死，但从未对抗金绝望，这种天塌下来我扛，万事认准了不回头的执着与霸气，是辛弃疾词里的精神脊梁，看男儿一剑梦回，日追千里，月下杀敌；听岁月愤击沙场，血马刀枪，万马嘶鸣。

卷十一

他人笑我太疯癫・一剪梅

一剪梅

明·唐寅

雨打梨花深闭门，忘了青春，误了青春。赏心乐事共谁论？花下销魂，月下销魂。
愁聚眉峰尽日颦，千点啼痕，万点啼痕。晓看天色暮看云，行也思君，坐也思君。

唐寅善诗文，承李白之盛唐气象，诗文浪漫流丽，与同期著名的诗人祝允明、文徵明和徐祯卿一起被称为“吴中四才子”；唐寅善作画，承吴道子之细腻笔墨，独具特色，与明代著名的画家沈周、文徵明、仇英并称“吴门四家”；他性格张扬，放荡不羁，尽显魏晋风流。

唐寅，字伯虎，根据自身不同阶段的经历，唐寅给自己取过很多别号，像六如居士、桃花庵主、梦墨堂主人、鲁国唐生、逃禅仙吏等。唐伯虎是苏州吴县人，出生于商人家庭，自幼在江南长大，从小就诗书满腹，才气异彩流光。

《一剪梅》这首词作就是唐伯虎假借闺中少女之口，抒发愁怨的代表作之一。

雨打梨花深闭门，忘了青春，误了青春。

窗外细雨滴滴答答地敲打着雪白的梨花，我悄悄地把房门紧紧关上。早已忘记春天的模样，青春也已泯然，无可挽回。

赏心乐事共谁论？花下销魂，月下销魂。

这美妙的风景要和谁一同赏味，一起谈论呢？曾经时光欢快，月下花前，但如今却只能令人黯然神伤。

愁聚眉峰尽日颦，千点啼痕，万点啼痕。

愁绪爬上眉头，皱起的眉心哪，好像层叠的山峰，千万滴眼泪也随着脸庞缓缓流下。

晓看天色暮看云，行也思君，坐也思君。

日子一天天地过，散步的时候想着你，闲坐的时候也想着你。

这首题为“一剪梅”的词作，是一首典型的“闺怨”之作。古来“闺怨”题材的作品汗牛充栋，而唐伯虎的这首《一剪梅》却在旧题材中写出了新意。

词人别出心裁地以空间的变幻流转代替主人公自我沉吟。有了空间的阻隔，闺中少妇的痴恋婉幽的心态展露无疑，灼人心脾。熟悉的场景在春去春来间变换，赏心乐事在过去和现在穿梭，青春年华就在这无比熟悉的花前月下中逝去。回忆往昔暗含徘徊神伤的残酷，温馨的回忆和熟悉的身影，在时间中空耗。

“行也思君，坐也思君。”狭小的院落里，少妇守着铭心的过往，翘首等待恋人的归来。时光消失，空间流转，回环往复，痴心难改，泪痕难干。

整首词力求用最简单的词语表达最缠绵的感情，使得个中愁怨，直白又深幽，有女子的委婉，又似乎多了一点奔放的元素蕴含其中。

民间故事中的唐伯虎三笑点秋香，幸福美满，然而真实历史里的唐寅却三次娶妻，屡遭横祸，一生坎坷。

唐伯虎自幼聪颖，“童髫入学，才气奔放”（尤侗《明史拟稿》）。虽然不是出身书香门第，但唐父十分重视唐伯虎的教育，举全家之力供他读书，希望有朝一日他可以博取功名，光耀门楣。

唐伯虎也是不负众望，年纪轻轻就展露出过人的才华，“数岁能为科举文字，童髫中科第，一日四海惊称之”（祝允明《唐子畏墓志并铭》）。尽管才学过人，但唐寅的生活并不顺利。民间故事里那个风流倜傥、桃花不断的唐伯虎，在二十五岁左右遭受连续的打击。他的妻子、两个儿子还有父母，相继离开人世。

他的第一任妻子是一位温柔美丽的女子，夫妻二人的感情极好，可惜最后妻子因难产去世，不久后，唐伯虎年迈的父母也相继撒手人寰。

妻子死后，唐伯虎写下悼亡诗：“凄凄白露零，百卉谢芬芳。槿花易衰歇，桂枝就消亡。迷途无生驾，款款何从将。晓月丽尘梁，白日照春阳。抚景念畴昔，肝裂魂飞扬。”

白露将至，青草凄凄，百花凋零。洁白的木槿花，美丽却容易凋亡，芬芳的桂花枝，早早衰败。你走以后，我前路迷惘，巨大的不知所措压抑着我。黎明时的月亮依旧清澈，太阳照耀着整个春天。看着四周的景象回忆往昔，我心痛得魂飞魄散，肝胆俱焚。

全诗掩饰不住对亡妻的思念和怜惜。

接连的变故、前途的灰暗让唐伯虎一度非常消沉，对人世充满了悲观的念头，终日里借酒消愁，消磨时光。

后来好友祝允明实在看不下去他如此消沉，一再地规劝他转移悲痛，专心科举，莫要荒废这大好年华，“子欲成先志，当且事时业，若必从己愿，便可褫襕仆，烧科策。今徒籍名泮庐，目不接其册子，则取舍奈何？”

想起父亲当年的期望，和自己多年来的愿望，唐伯虎这才振作起来。

祝允明是唐伯虎最好的朋友之一，二人的友谊是在学生时代就建立起来的，他和唐伯虎都是性情中人，个性相合又志趣相投。

祝允明和唐伯虎一样，蔑视礼法，放浪形骸，不修边幅。他们俩曾经在虎丘冒着雨雪，在街上假装成乞丐，一边敲碗一边大唱《梨花落》，引得行人纷纷侧目。讨得若干钱后，便去酒庐买酒，跑到破庙里痛饮。二人还颇得其乐，说“此乐惜不令太白知之”。哎呀，这酒喝得太痛快了，可惜“酒中仙”李白不曾知道这种饮酒方法啊！不羁的灵魂能遇到知己真乃幸事，在那个深受礼法束缚的年代能有人一起疯狂也算是不惘付一晌青春。

相传，他们曾结伴去扬州游玩，和歌伎舞伎们打成一片，不久就把钱都花光了。为了找钱享乐，他俩想到一个主意。当地的盐税很重，盐官们都富得流油，唐伯虎和祝允明扮成道士，拿着拂尘，捋着胡须前去盐官府上化缘。

他们说自己是从苏州来的道士，和唐伯虎、祝允明都是好朋友，经常在一起交流切磋，所以自觉得到了几分真传。盐官一听，这很新鲜，也有些不信，便指着屋内的一盆牛眠石盆景，请他们即刻赋诗一首，若是做得好，他便给他们五百两银子！

唐伯虎和祝允明当下就一人一句，把这首《咏景》作了出来：

“嵯峨怪石倚云间（唐寅），抛掷于今定几年（祝允明）；
苔藓作毛因雨长（唐寅），藤萝穿鼻任风牵（祝允明）。
从来不食溪边草（唐寅），自古难耕陇上田（祝允明）；
怪杀牧童鞭不起（唐寅），笛声斜挂夕阳烟（祝允明）。”

二人作诗又快又好，配合得也是天衣无缝，盐官被这两位道士的才华所震慑，不得不兑现自己的诺言，传令取来五百两香火钱，给他二人。

唐伯虎和祝允明拿着银票这边刚出盐官府衙，那边就钻进烟花柳巷寻欢作乐去了。唐祝二人真是天真得像是孩子，放荡得令人无法责备，才华里灵气涌动。

弘治十一年，唐伯虎在守丧结束后第一次参加乡试，高中榜首，中得解元，人称“唐解元”。这久违的喜事肯定让唐伯虎兴奋不已，对明年的科举也信心满满，仿佛早已是囊中之物。

可在第二年的进士考试中，等待着他的不是蟾宫折桂的荣耀，不是一日看尽长安花的风光，而是一场断送他所有前途的灾难。

在赴京城赶考的途中，唐伯虎遇到了出身江阴的富二代徐经。徐经是后来大旅行家徐霞客的曾祖父，他也是个很能耍的纨绔子弟。唐徐二人相谈甚欢，相见恨晚，遂成莫逆。徐经学问做得不怎么样，但是歪点子可不少。他深知“世路难行钱做马”的处事哲学，在考试前重金买通主考官的家童，拿到了考试题目。并在唐寅不知情的情况下，让他代笔写好了文章。但是事情很快败露，徐经锒铛入狱。

受徐经牵连，唐伯虎下了大狱，革除功名，贬至浙江做小吏。被抓时，官兵行为粗暴，抓着唐伯虎的头就往地上撞，堂堂江南才子既无还手之力，也无半分尊严，这件事是唐伯虎人生的阴影。蒙此大辱，唐伯虎怎么可能去浙江任职呢？他果断放弃一切，回到家乡。

参加科考前，他续娶了刘姓妻子，想到在外受到如此屈辱，他只愿早日回到家中。当他回到家时，等待他的不是妻子的安慰，而是恶言相对，夫妻反目。无奈之下，他写了休书，赶走了刘氏。

仕途的灰暗，人生的不堪，让唐伯虎倍感疲惫。祝允明看到他如此消沉，又劝他出去散散心，排解一下心中的苦闷。科考案结束后，唐伯虎开始游历山川，游历途中所见所闻增长了他的眼界，使其画艺大为精进，从此他开始靠卖画、卖字为生。

没了父母的帮助，没了官职，只靠自己卖字画，唐伯虎的生活困窘起来。他住的地方越来越小，环境越来越差。但他却越发乐观，给自己的破房子命名为“桃花庵”，还写了一首《桃花庵歌》来寄托自己的情思：

桃花坞里桃花庵，桃花庵里桃花仙。
桃花仙人种桃树，又摘桃花换酒钱。
酒醒只在花前坐，酒醉还来花下眠。
半醒半醉日复日，花落花开年复年。
但愿老死花酒间，不愿鞠躬车马前。
车尘马足贵者趣，酒盏花枝贫者缘。
若将富贵比贫贱，一在平地一在天。
若将贫贱比车马，他得驱驰我得闲。
世人笑我太疯癫，我笑他人看不穿。
不见五陵豪杰墓，无花无酒锄作田。

在桃花庵里做自在桃花仙的日子，唐伯虎真的泯灭了自己的仕途之心吗？真像唐伯虎自己说的那样“但愿老死花酒间，不愿鞠躬车马前”吗？

其实不然，在唐伯虎四十五岁的时候，宁王朱宸濠听说他的才名，便派人花重金礼聘他来做自己的幕僚，他毫不犹豫地答应了。

来到宁王府后，唐伯虎无意中发现宁王有谋逆之心，为了免受牵连、脱离宁王的掌控，不得不装疯卖傻，甚至当众脱衣服，使得宁王相信他真的已经疯了，才得以被放还家乡。五年后，也就是唐伯虎五十岁的时候，宁王果然起兵造反了。幸而，唐伯虎没有受到牵连，躲过一劫。已是知天命的唐伯虎这下彻底绝了自己的官仕之志，安心下半生都做诗酒闲人。

少年时还是意气风发，到老只剩花酒诗田。晚年的唐伯虎转而向佛教寻求心灵的慰藉。常把《金刚经》中的“一切有为法，如梦幻泡影，如露亦如电，应作如是观”挂在嘴边，自号六如居士。唐伯虎的这一生也如露如电，起起伏伏，如梦幻泡影，并没有民间传说的那样美好。

五十四岁那年，在桃花庵中留下绝笔诗：“生在阳间有散场，死归地府也何妨，阳间地府俱相似，只当漂流在异乡。”被后辈文震孟誉为“人才第一，风流第一，画品第一”的吴中才子，就悄然和江南烟雨永远作别了。

卷十二

悲欣交集·送别

送别

近代·李叔同

长亭外，古道边，芳草碧连天。
晚风拂柳笛声残，夕阳山外山。
天之涯，地之角，知交半零落。
一瓢浊酒尽余欢，今宵别梦寒。
长亭外，古道边，芳草碧连天。
问君此去几时还，来时莫徘徊。
天之涯，地之角，知交半零落。
人生难得是欢聚，唯有别离多。

一曲《送别》，穿越时光，感动旧人。李叔同在日本留学期间，深受日本歌词家犬童球溪的影响。犬童球溪曾借用约翰·P·奥德威作曲的美国歌曲《梦见家和母亲》填写了一首名为“旅愁”的歌。1914年，李叔同就是在这首《旅愁》的基础上，创作了这首打动人心的歌曲，成为20世纪中国最美的离歌。

那年冬天，鹅毛大雪的屋外，李叔同“天涯五好友”之一的许幻园站在李家门口，大声地喊：“叔同兄，叔同兄，我要走了，后会有期！”那时许幻园家已经破产，只能举家迁移。

李叔同闻声心下一惊，迅速地打开院门，看着雪地里的好友拭泪而立，许幻园默声不语，泪水滂沱，转身奔向大雪深处。无论李叔同如何呼唤，他都不再回头，只留下一个雾气蒙蒙的背影。皑皑天幕下，友人的身影渐渐远去，直至完全融入天地间的一片深白，仿佛刚才这一切都没有发生过。

李叔同站在雪地里，“天涯五好友”一起喝酒论诗的日子渐渐浮现眼前，过去一起看戏时的欢乐景象、曾经作画写生的山水美景还依然流转春秋。而如此要好的朋友就要自此散落天涯，人的一生能有几人入心，可称为知己呢？这一别，更不知何日相聚。

【一一四】

雪落在李叔同的肩头，比刚才融化在许幻园泪水里的还要冷。

不知道在雪地里站了多久，李叔同才在家人的呼唤下返身回屋。他把自己关在屋内，坐在钢琴前，一遍又一遍地弹着往日和友人最爱听的旋律，离愁在心泪在睫。

往事并不随风，一切感悟都能在文字里被赋予永生。李叔同在纸上一气呵成地写下了这首动人的歌词。

长亭外，古道边，芳草碧连天。

送别的长亭之外，苍苍驼铃古道，芳草萋萋一蔓天边。

晚风拂柳笛声残，夕阳山外山。

醉人晚风拂折柳，送别的笛声断断续续，如泣如诉，夕阳走过了一重又一重的山崖，远落地平线。

天之涯，地之角，知交半零落。

天涯海角，前路迷茫，曾经知心换命的人儿啊都已各自飘零。

一瓢浊酒尽余欢，今宵别梦寒。

举起这杯浊酒，一饮而尽，放肆欢乐，离愁凝住了今宵的梦。

长亭外，古道边，芳草碧连天。问君此去几时还，来时莫徘徊。

无论你去到了哪里，回来的时候可千万不要犹豫。

天之涯，地之角，知交半零落。人生难得是欢聚，唯有别离多。

人生欢聚实属不易，与这欢聚相比，离别之苦遍地堆放人间。

这首歌词，长短结合，错落有致，搭配舒缓的乐曲，使聆听者百感交集。在悠扬的乐曲中，长亭、古道、夕阳、垂柳这些具有别离意味的意象在听者的脑中自动组合，画面优美自然，光影跃动，柔软有力地渲染了离别的气氛。

下半段颇有“劝君更饮一杯酒，西出阳关无故人”的意味。作者情绪变得激动起来，对照前半段优美的风景，作者内心的挣扎一直到最后才释然。

从这首歌词我们可以触碰到作者李叔同别样的情感体验。花开花落，一切随缘，世事无常，唯有情存。

李叔同，原名文涛，字惜霜，号叔同。以弘一法师的名号闻名于世。无论是前半生“二十四文章惊海内”，还是后半生“一轮圆月耀天心”，他的一生都充满了传奇色彩。

李叔同学贯中西，才华横溢，是中国早期的艺术启蒙者，是艺术教育的先驱，是书法大师、篆刻大师、戏剧大师、美术大师。他在艺术方面的才华和灵气，无人能及。就像这首词中所描绘的那样，李叔同是一个“重情守义之人”。

在李叔同还是一个少年时，就表现出对艺术的强烈兴趣。他五岁丧父，因而一直和母亲相依为命。家境富裕的他尤爱看戏，经常出入天津的各大梨园。当时的天津，戏院繁多，其中最有名的要数“协盛园”了。

1894年，“协盛园”新起一位清秀俊美、嗓音清美的佳人——杨翠喜。她像牡丹花心，蕊蕊动人，又似三春芍药，红绿相宜。一曲《梵王宫》让她在整个天津城声名鹊起，城里的富贵少年莫不为她痴迷，文采风流的李叔同也在追捧她的人流中。

初遇的时候，杨翠喜对眼前的这个少年还颇有防范之心。接触久了，她了解到这个年轻人名叫李叔同，他内心干净，无欲无求，是个远离凡尘的翩翩少年。虽然戏唱得好，但杨翠喜也不过是一个十几岁的少女而已，年龄相仿，又都热爱戏剧，两个年轻人之间的距离被迅速拉近。

每天听完她唱戏之后，李叔同都会执一提红灯笼，送她回家。一路上两人聊戏里的故事，推敲戏中人物的姿态、神情。李叔同凭借自己深厚的家学功底，每每总是把故事讲得分外动人，杨翠喜也是一个颇有灵气的姑娘，对他的讲解总能心领神会，二人的感情就在这条来来回回的小路上，越来越好。

李叔同还特地为杨翠喜填了一首词："燕支山上花如雪，燕支山下人如月；额发翠云铺，眉弯淡欲无。夕阳微雨后，叶底秋痕瘦；生怕小言愁，言愁不耐羞。晚风无力垂杨嫩，目光忘却游丝绿；酒醒月痕底，江南杜宇啼。痴魂消一捻，愿化穿花蝶；帘外隔花荫，朝朝香梦沾。"

在李叔同的眼睛里，杨翠喜弱柳扶风的模样让人心生怜爱，李叔同情不自禁地想化作一只蝴蝶，默默飞舞在佳人身旁，飞入她纯白的梦里。

只可惜，李叔同的一往情深，阻止不了达官贵人将杨翠喜买走，孝敬给小王爷载振。李叔同得知自己喜爱的女孩儿被人当作礼物送入豪门，痴情落空，伤心欲绝。李母见他失魂落魄，不得已为他指定了一门婚事，女方是天津著名的茶商之女——俞氏。两姓联姻，一朝缔约，良缘永结，和俞氏走进喜堂叩拜天地后，李叔同再也没有见过初恋杨翠喜。

1901 年，李叔同进入著名的南洋公学继续他的学业。蔡元培当时就在这所学校任职。当时的社会环境深刻影响了教育。学校内也不平静，各种思想激荡交错，矛盾重重。

学校方面保守派居多，竟然规定不准学生阅读部分新杂志、新报纸，这一独断专横的行为引起了学生们的不满。他们据理力争，和校方发生了激烈的冲突。蔡元培当然是站在学生这一方的，几次和学校的沟通都没有效果之后，蔡元培带着部分先进教师和学生愤然离开了南洋公学，李叔同也在这群离开的学生之中。

本来以为上海会有更加开放的环境的李叔同，备受现实打击，看到周围的不少朋友都纷纷筹资出国，去追求更先进的理想，李叔同也动了念头。但是李叔同的母亲身体不好，所谓“父母在，不远游”，李叔同只能一直待在上海，陪在母亲身边。这段时间是李叔同思想发生巨大变革的时期。

从学校走出来，李叔同对他的人生方向仍旧迷茫。他无所事事，成天和身边的年轻人一起出入声色场所，游弋在上海滩的各个名伶之间。他与朱慧柏、谢秋云、李苹香等人都是很好的朋友，经常约出来一起喝茶、游玩。

此时的李叔同虽然已经成家，但是生性浪漫的他又怎会满足于和妻子寡淡的家庭生活呢？穿洋装的上海名媛们，身上有一种独特的现代气质深深吸引着李叔同，而这种气质，恰恰是出身传统的俞氏所不具备的。

李叔同与李苹香的感情甚好，第一次见到李苹香时，李叔同就被她身上谜一样的气质所感染。李苹香是一位颇有才情的女子，良好的修养，广阔的见识，让她和这群新青年们迅速地成为朋友，她的天韵阁也是这些青年才俊们聚会常去的地方。

李叔同第一次来到天韵阁，就以“惜霜仙史”的笔名写了三首诗送给了李苹香。

沧海狂澜聒地流，新声怕听四弦秋。如何十里章台路，只有花枝不解愁。

最高楼上月初斜，惨绿愁红掩映遮。我欲当筵拼一哭，那堪重听《后庭花》。

残山剩水说南朝，黄浦东风夜卷潮。《河满》一声惊掩面，可怜肠断玉人箫。

和之前赠给杨翠喜的诗不同，这几首诗作的感情更为深沉内敛，愁思浓重，暗含着家国命运的隐喻，可见当时李叔同内心的苦闷与不安。接触不久，李叔同就对李苹香如此坦白自己的心迹，可见他对于这位新女性的喜爱和信任。

当时的李叔同经常去找李苹香，和她一起诗酒唱和，赏花吟月，完全把李苹香当作自己的人生知己，让李叔同能这般信任的女子也确实情商颇高。久处不厌的感情，总是少不了“谈得来”这三个字，李苹香总是能读懂叔同的心意，回应以浪漫、以才思，怎能不叫人心生依恋。

李叔同是一个理想主义者，出生在富贵之家的他在日日虚无玩乐中，试图探寻生命的意义。时局的腐败混乱，让他无法专注于自己喜欢的事情，他并不想循规蹈矩，可任性起来又不尽兴，不知如何是好，更不知前路何方。

1905年年初，李叔同的母亲去世。李叔同扶榇回天津。在母亲的追悼会上，李叔同在四百多名吊唁宾客面前，为母亲弹着钢琴、唱着悼歌送别，琴声依依带走李叔同对母亲最深的思念。

走过风雨二十六年，母亲的突然离世对他打击很大，他自言："幸福时期已过去。"于是下定决心出国留学，一是为了修炼自己，二是为了早日走出丧母之痛。

到了日本的李叔同，在东京美术学校攻读油画专业，同时还学习音乐。他和同样热爱戏剧的曾孝谷、欧阳予倩等人一起创办了中国戏剧史上第一个现代剧社——春柳剧社。在李叔同等人的召唤下，留日的学生们经常一起排演现代西方戏剧如《茶花女》《黑奴吁天录》等。

在东京，李叔同开始接触在国内从未有过的西洋画，拿起与毛笔完全不同的画笔，浸润在油画颜料的味道里，整天在画布上作画，这是李叔同从未有过的奇妙体验。西洋画与国画大有不同，国画注重写意，水墨浓淡间，景物若隐若现，落笔必有空处；西洋画则注重写实，浓墨重彩少留白，细节的描摹最为重要，也是基础练习。

学习一段时间后，有一项练习让李叔同犯了难——教授要求学生们进行人体写实的练习，寻找裸体的模特儿成了李叔同最头疼的事情。才到东京一年的李叔同并不认识几个东京的女子，到底要去哪儿找这样一位佳人呢？

【二】

1906年的11月，东京开始泛起金黄色来，学校院落里的那棵古银杏在阳光下层层叠叠，如黄蝶绕枝，似满天金雪。天气晴好的时候，银杏树下赏秋的人多了起来，这天李叔同正在院落里写生，无意间抬头看见一位身着传统和服的女子拿着一个深红色的便当盒包裹，匆匆走过银杏树下，偶然抬头，冲满树流金的方向微微一笑。

电光火石般，远处的李叔同被这笑容一瞬打动，他追了上去，想要喊住那个姑娘，走近了才发现，她原来就是自己房东的女儿——雪子。

这天，李叔同用自己还不是很熟练的日语，结结巴巴地向雪子提出了自己的请求。雪子很震惊，毕竟和这个从中国来的年轻人接触并不多，突然提出这种要求，雪子一时有些难为情。当时的日本社会对裸体绘画的接纳程度还很低，但是一直都在美院附近居住的雪子对裸体模特儿并不陌生。面对眼前这个英俊的中国人，雪子有些为难，她答应李叔同，自己会考虑。

思量再三，雪子觉得这个中国年轻人十分有才华，每日见他作画、弹琴都是那么优雅，于是她答应了李叔同的请求。

从此，雪子就成了李叔同的特殊模特儿。每一幅画作完成，李叔同都会拉着雪子细细品读，画画之余，李叔同还会带着雪子来看他排戏，和他一起游玩。

1906年时，国内的长江中下游发生严重的水灾，但是朝廷腐败，救济不能及时到位，百姓苦不堪言。消息传到日本后，春柳社的社员们坐不住了，他们准备组织一场义演，为国内的百姓筹集善款。在接触各种剧本之后，他们决定要演出与传统京剧完全不同的现代京剧《茶花女》。由于留学生中没有女生，也受到中国传统戏剧花旦的影响，李叔同自告奋勇地在剧中出演女主人公玛格丽特。

剃了胡子，穿上洋装，敷上胭脂，李叔同摇身一变，成了个标致的美女。随着演出的日子越来越近，李叔同开始连续几天不吃饭，想要更纤细的腰身。雪子有时间就会来剧院看李叔同排练，有时为他提提意见，有时只是静静看着。

1907 年的春节，《茶花女》在东京基督教青年会新落成的剧场里正式开始了演出。第一次由中国人自编自演的现代京剧锵锵开锣。台下的观众都非常热情，场场爆满，演出几日后，盛况仍旧不减。雪子坐在舞台下，随着玛格丽特的命运，心绪起伏，经常是热泪盈眶。毫无疑问，这次演出大获成功。

经过了几个月的接触，雪子和李叔同的感情更深了一步，他对雪子渐渐产生了爱慕依恋之情。虽然他早已在中国娶妻，还曾经和不同的女子有过情感纠葛，但是这一次和以往都不一样，他真正体会到了爱情的滋味。

1911 年，李叔同以优秀的成绩从东京毕业。他带着雪子一起回到了中国。他把雪子安排在上海居住，后又接到了杭州。回国后的李叔同任教于浙江省立第一师范学校。

1918 年的正月刚过，下过雨后的杭州十分阴冷，西湖边上也没有什么游人。不远处的虎跑寺传来声声钟鸣。

苏堤岸边站着一男一女。男子身穿暗褐色净衣，头发剃光，胸前挂着一串檀木佛珠。女子身穿一套白色洋装，拎着包，迈着碎步，看起来是哭过了，眼睛红红的，这就是李叔同和雪子分别的时刻了。

这一年，李叔同突然决意抛开凡尘，皈依佛门。原来所痴迷的东西被他统统抛弃，搜集的字画古玩悉数送人。

雪子深爱李叔同，她抱着最后一丝希望来到杭州虎跑寺，想要把李叔同劝回去。

杨柳岸，晓风，残月。终于见到了日夜思念的李叔同，雪子看到爱人的一瞬间，难言的哀愁与不舍化作泪滴，求着李叔同跟自己回去，不要抛弃自己。李叔同静默不语，掏出一块跟随自己多年的怀表，放在雪子的手里，轻声地说：“你有技术，回日本后不会失业。”说完转身就走，无论雪子如何呼唤，都再也没有回头。也许，他是怕了。

和雪子十二年的相濡以沫，就此情断两宽。

绚丽至极，归于平淡。李叔同剃度之后，法名演音，号弘一，被人尊称为弘一法师。之后的几十年间，他一心向佛，抛去红尘的一切烦恼琐事，精心钻研佛法，立志普度众生。

1942 年 9 月，弘一大师写下“悲欣交集”四个字，三天后圆寂于福建开元寺。半世潇洒半世僧，一生传奇就此画上句号。

卷十三

十年一觉桃花梦·遣怀

遣怀

唐·杜牧

落魄江湖载酒行，楚腰纤细掌中轻。

十年一觉扬州梦，赢得青楼薄幸名。

【一二七】

杜牧，天生奇才，生性风流。这首诗作于诗人暮年，垂垂老矣，想起年轻时的许多荒唐事来，突有恍惚蹉跎，南柯一梦之悲感。

落魄江湖载酒行，楚腰纤细掌中轻。

诗酒江湖，落魄前行，曾经每日歌舞升平，寻欢作乐，沉浸在佳人纤纤细腰和轻盈舞姿中。这一句中，用典两次，“楚腰”出自《韩非子·二柄》——“楚灵王好细腰，而国中多饿人”，“掌中轻”来自汉成帝皇后赵飞燕“能为掌上舞”。信手拈来的典故搭配起来流畅恰当，颇有美感。

十年一觉扬州梦，赢得青楼薄幸名。

扬州十年，游戏人间，恍然如一场泱泱大梦，“十年”的漫长与“一觉”的短暂形成了鲜明对比。想到自己玩乐间，也被世人所轻，在青楼中都留下了“薄情”的名声。

诗人所遣之怀，其实是种失落与无奈，表面繁华，一生空虚。

杜牧是世家子弟，他的父亲和祖父都是唐朝历史上有名的文人，其祖父杜佑更是官至宰辅。这样显赫的家世既是杜牧的翅膀，也是他的枷锁，自小杜牧就刻苦读书，渴望建功立业，像祖父一般青史留名。

杜牧实乃天纵奇才，二十三岁就写出了流传百世的《阿房宫赋》，正是这篇佳作，帮助他步入了政坛。

当年二十六岁的杜牧，经历过一次科举，但并没有什么名次。正如前文所讲，唐朝的科举考试不糊名，主考官批改试卷时能看见考生名字。考生不仅要有才学，考场上写得出让主考官拍案叫绝的文章，私底下更要苦心经营自己的名声，让主考官听闻到考生的大名，才能顺利高中榜首。正是这种取士的方式，使得许多学子费尽心机结交权贵，希望获得举荐。

杜牧也是在经过贵人的举荐之后，才得以高中。这个贵人就是太学博士吴武陵。

传说，礼部侍郎崔郾奉命前往京城主持这一年的科举考试。吴武陵特地赶来为他送行，崔郾原来也是吴武陵的学生，看到老师到来，翻身下马和老师寒暄。

只见吴武陵举起手中的书卷，大声对他说："您德高望重，身堪重任，此次更是获圣上信任，担任科举选拔官这样的要职，武陵特来为国家的人才选拔尽一分薄力。我有几个太学生，眉宇间都是浩然正气，偶然一日我发现他们凑在一起读一卷我没看过的书，连连赞叹，原来是杜牧的《阿房宫赋》。能写出这样文章的人，是辅佐皇帝的良才，今天我特地带来给您判断。您要是没有时间阅读了，那我读给您听吧！”

说罢，吴武陵就旁若无人地大声诵读起来，崔郾听到文章的内容，大为惊奇，赞杜牧才华横溢。吴武陵说：“那就把他选为状元吧！”崔郾为难地说：“状元已经有人选了。”吴武陵皱皱眉：“不行的话，那就第二名。”崔郾无奈地说：“也有人选了。”吴武陵：“不然，就排在第五名吧？”崔郾沉思片刻，吴武陵见状说：“不行的话就把这篇赋还给我吧。”崔郾听到，连忙应声说：“那就遵从你的教诲，第五名吧。”

正是在吴武陵这样逗趣儿的举荐中，二十六岁的杜牧考中功名，以第五名的身份衣锦还乡。洛阳放榜后，杜牧写下“东都放榜花未开，三十三人走马回。秦地少年多酿酒，即将春色入关来”这样的诗句，抒发了自己的得意之情。

少年得志的杜牧，和李商隐一样，正遇上朝廷愈演愈烈的党争。但是杜牧要比李商隐幸运得多，因为家世的原因，杜牧在仕途上得到不少的帮助，但是风流的本性，让杜牧长期厮混青楼花丛。

考取功名之后，杜牧被授弘文馆校书郎，受当时牛僧儒的管辖，白居易、元稹、杜甫都做过这个职位，是一个出大诗人的职位。这个职位比较清闲，杜牧平时除了处理文书之外，还喜欢去青楼闲逛。为了他的安全考虑，牛僧儒前前后后派过二三十人暗中保护杜牧，有这么个精力过剩的部下，也是心累。

后来杜牧升职调离扬州，在赴任途中经过湖州，湖州刺史与杜牧本是旧友，于是杜牧便留下来多玩了几日。湖州刺史了解杜牧的风流本性，便带着他一起看遍湖州城内有名的歌舞妓女，但是没有遇见一个让杜牧满意的。此时，恰逢湖州一年一度的龙舟竞渡佳节。杜牧便和友人一同前往观看。

风和日丽的上午，龙舟竞赛开始了，岸边密密麻麻地挤满了观看的人，杜牧和友人站在高台上，他的眼睛一边观看着河里的龙舟，一边在岸边的人群中逡巡，寻找美丽的女孩儿。

就在龙舟赛要结束的时候，楼下一个妇人带着一个女孩儿走过，杜牧眼睛一亮，激动地对友人说："那个女孩子真是国色天香啊！"

说罢即和友人一同下楼把这母女俩接到楼上来谈话。这女孩子只有十三岁，生得却比同龄人都要美艳，面如粉桃，眼眸星光荡漾，水波流连，小姑娘有些受到了惊吓，躲在母亲的身后，不愿出来。

杜牧当即就表明了自己的身份，并表示要娶这位姑娘为妻，但是由于姑娘还小，杜牧便给这对母女备上丰厚的嫁妆，并立下十年之约，十年之后，杜牧回湖州迎娶这位姑娘。女孩的母亲收下了聘礼，同意了十年之约。

人在宦海漂浮，身不由已，十四年后，当杜牧最终费尽心思调往湖州，想要去迎娶这位姑娘的时候，她已经嫁为人妇三年了，并且还有了孩子。杜牧喊来女孩和女孩的母亲，询问为什么不等他，那位母亲拿出当初的信约，“当年约定的是十年，十年过后你并未到来，我们只好另寻人家出嫁了”。要说这古人的契约精神，也是蛮感人的。

杜牧听完，倒也不恼，为了赞扬这对母女信守诺言，当下作了《叹花》一诗赠予老妇。

自是寻春去校迟，不须惆怅怨芳时。狂风落尽深红色，绿叶成荫子满枝。

杜牧这一生追逐的美人很多，如今，我们能找到的杜牧留在这世上的唯一的真迹，也是杜牧写给一位佳人的诗作。这位佳人就是张好好。

杜牧第一次见到张好好时，她只有十三岁，豆蔻年华，温润如碧，就像是一位身穿绿色衫裙的仙子，身段袅婷，舞姿摇曳，如含苞待放的莲花，引人无限遐思。

杜牧是在江西观察使沈传师的府中见到这位女子的，顿时对她的歌舞柔情入了迷。而沈传师也因她的歌舞天赋把她收入乐籍，培养成了一名卖艺的官妓。小萝莉张好好并不明白这意味着失去自由，只觉得一扇通往富贵的大门已经向她敞开。“玉质随月满，艳态逐春舒。绛唇渐轻巧，云步转虚徐。”张好好的舞艺越来越精湛，杜牧和张好好的来往也越来越密切。

但还没等杜牧对这姑娘展开追求，她就已经落入沈传师之手。这位江西观察使是一个好色之徒，他把张好好买回府中做了小妾。杜牧只有带着无奈离开了江西。

然而若干年后，杜牧路过江西时，在路边碰到了当年的张好好，她正站在酒馆外面卖酒。

当年那个风姿绰约的美丽佳人已经全然不见，宛若黄鹂的好嗓子也只能吆喝着卖酒，张好好见到杜牧眼泪簌簌，各种悲苦不言自明。夕阳下，张好好只能问问杜牧最近好不好，这些年都在哪里为官？

杜牧默默无语，想起当年的种种往事，如今的凄凉景象，不禁悲从中来，提笔写下了《张好好诗》，流芳百世。

君为豫章姝，十三才有馀。翠茁凤生尾，丹叶莲含跗。
高阁倚天半，章江联碧虚。此地试君唱，特使华筵铺。
主人顾四座，始讶来踟蹰。吴娃起引赞，低徊映长裾。
双鬟可高下，才过青罗襦。盼盼乍垂袖，一声雏凤呼。
繁弦迸关纽，塞管裂圆芦。众音不能逐，袅袅穿云衢。
主人再三叹，谓言天下殊。赠之天马锦，副以水犀梳。
龙沙看秋浪，明月游朱湖。自此每相见，三日已为疏。
玉质随月满，艳态逐春舒。绛唇渐轻巧，云步转虚徐。
旌旆忽东下，笙歌随舳舻。霜凋谢楼树，沙暖句溪蒲。
身外任尘土，樽前极欢娱。飘然集仙客，讽赋欺相如。

聘之碧瑶珮，载以紫云车。洞闭水声远，月高蟾影孤。
尔来未几岁，散尽高阳徒。洛城重相见，婥婥为当垆。
怪我苦何事，少年垂白须。朋游今在否，落拓更能无。
门馆恸哭后，水云秋景初。斜日挂衰柳，凉风生座隅。
洒尽满襟泪，短歌聊一书。

传说杜牧五十一岁驾鹤西归的时候，张好好感念杜牧的情谊，在他的墓前自尽了。杜牧虽风流一生，却并不令现代女性生厌，有情有义讲规矩，文切女人心，义平江湖远，若是能在他心里笔下占一席，倒也叫人不谓遗憾。

卷十四

凄凄惨惨戚戚·临江仙

临江仙

宋·李清照

欧阳公作《蝶恋花》，有『深深深几许』之句，予酷爱之。用其语作『庭院深深』数阕，其声即旧《临江仙》也。

庭院深深深几许？云窗雾阁常扃。柳梢梅萼渐分明。
春归秣陵树，人老建康城。
感月吟风多少事，如今老去无成。谁怜憔悴更凋零。
试灯无意思，踏雪没心情。

清代沈谦在《填词杂说》中评价李清照的词“男中李后主，女中李易安，极是当行本色”。他把李后主和李清照放在一般的位置上，在女性社会地位极低的清朝，李清照享有如此高的评价，实属不易。

作为宋朝最著名的女词人，李清照的名字一直和才华紧紧联系在一起。从宋朝南渡开始，她就经历漂泊，遍尝苦楚。这首词就作于南渡之后，属于她的后期之作。

词序中，李清照坦言，因为特别喜欢欧阳修《蝶恋花》中“庭院深深深几许”之句，所以借用“庭院深深”作为开头，写了好几首词作来唱和，都以《临江仙》作为词牌名。

欧阳修的《蝶恋花》中主要描写的是闺中的少妇伤怀春日之情。

庭院深深深几许，杨柳堆烟，帘幕无重数。玉勒雕鞍游冶处，楼高不见章台路。

雨横风狂三月暮，门掩黄昏，无计留春住。泪眼问花花不语，乱红飞过秋千去。

欧阳修此作，以“深深深”三字起调，写得景深、情深、意境深。

全词意蕴深厚，耐人寻味。结尾一句“乱红飞过秋千去”，深深庭院里，女主人公心事昭然，一颗禁锢已久的心灵，挣扎在暮春时节，抓不住年华，留不住落花，一幅女子伤春图跃然纸上。

从上片的“庭院深深”到下片的“泪眼问花”，从黄昏到傍晚，词人从空间的“深”写到了时间的“深”，逐次展露心扉，正如俞平伯所言“‘三月暮’点季节，‘风雨’点气候，‘黄昏’点时刻，三层渲染，才逼出‘无计’句来”(《唐宋词选释》)。女主人公这种物质生活无忧，可是内心极其苦闷的境况被欧阳修用三层“深意”勾勒了出来。

对此，李清照深有同感，对此词盛赞不已。借用“庭院深深”之句，抒发了自己的感受。

庭院深深深几许？云窗雾阁常扃。

庭院幽深，檐廊层叠，绵延不知尽头。云雾缭绕的楼阁窗影上，木棱紧闭锁常关。

这两句表明李清照此刻正是闭门幽居，套用欧阳修的词，连用三个“深”字，形成了回环往复的效果，读来颇具旋律。从庭院之深，写内心情感之深，孤愤之情溢于言表。“常扃”二字借用陶渊明《归去来兮辞》中“门虽设而常关”，写明词人闭门关窗，一点儿都不想看外面的景色。从第一句无限“深”的诗句，转换到自我幽闭的“常扃”，空间由延伸到封闭，给人一种压迫的窒息感。

柳梢梅萼渐分明。春归秣陵树，人老建康城。

院中杨柳已发芽，红梅花苞也渐渐轮廓分明起来，秣陵城的古树也渐渐泛出绿色，仿佛在宣告着春天已经归来。但是我却只能在这遥远的建康城，怅然老去。

这一句描写的美景，李清照并无意欣赏。柳绿花红，大地复苏，明明是无限生机的春天，李清照却一副拒绝的姿态。因为“春归秣陵树，人老建安城”。春天都已经回到这古城了，我却无法重回故土，要死在这异乡的土地上了。

写到这里，词作表面上看是伤春之作，其实内里却充满了家国之思，哀痛自己明明是北人却要在这南方苟且偷生。从空间的转换来表达作者的情思，传达出一种无限的悲凉与无奈之情。

感月吟风多少事，如今老去无成。

往昔和家人一起写诗填词的欢乐时光多不胜数，回忆中满满都是春花秋月之中吟诗作赋的美好，如今飘零孤老，一事无成。

写此词时，李清照的丈夫赵明诚已命归黄泉。昔日李清照常和丈夫一起煮酒吟诗、风花雪月，二人常常以春华秋菊为题材，写诗唱和，相恋相知，灵魂相依。如今年华老去，旧人却再也不见踪迹，什么事情都做不了，只能徒增黄昏悲叹。

谁怜憔悴更凋零。试灯无意思，踏雪没心情。

我现在一个人孤苦伶仃，日子越来越蹉跎，心情也越发地低沉。原来热衷的元宵试灯，现在只觉得毫无意义，踏雪没心情，多直白。其实李清照一生都特别少女心，她的词有时候就像小姑娘在赌气，像是在和残酷现实吵架，我实在太爱她的真性情。

承接上句忆往昔之语，词人心情大为激动，悲叹凄凉晚景。年轻时词人最喜欢的两件事情“元宵试灯”和“踏雪吟诗”，如今都再无雅兴。通过对比，一股憔悴伤感、心灰意懒之感呼之欲出。

此词写于李清照南渡的第三个年头。和前期“清新俊逸”的词风不同，这之后李清照的词作变得十分苍凉阴郁。词人的一生也可以宋室南迁为界，一分为二。

幼时的李清照，出身名门，父亲李格非曾拜在苏轼门下，为当时著名的学者。上天赋予了李清照过人的才华和良好的家庭环境，还在闺阁之中时，李清照就时常填词作诗，美名远扬。

她的家乡历城，是一个风景别致优美、文人辈出的小城市。幼时的李清照可以肆意地在茵茵青草上奔跑，在汩汩溪水中玩耍，大自然的风光给予了她过人的灵气，大概是五六岁时，她跟着做官的父亲一起来到当时的京城——汴梁。

那时的北宋一片繁荣，奢靡之风盛行。每年但逢佳节，汴梁城内都是张灯结彩、火树银花，好不热闹。每逢这样特别的日子，李清照总是和家人一起出门去赏灯、划船。

五彩的花灯、热闹的夜景、华丽的龙舟，这一切都是李清照快乐的源泉，也是反复出现在她早期诗作中的美好意象。

词人十八岁时，赵明诚提亲。赵父是当时有名的政治家，官至右丞相。李格非知道自己才气横溢的女儿必不能嫁于庸俗仕途之人，他暗暗地考察赵明诚的为人和才学。当时已经是太学生的赵明诚在同辈人中虽不是最突出的，但是对诗词书画也颇有研究。在了解到赵明诚的品格学识之后，李格非欣然应允。

果然，婚后李清照与丈夫赵明诚意趣相投，相敬如宾。他俩都爱好金石书画，日日沉醉在金石书画的世界里也不觉得枯燥。从小生活优渥的他们三观相合，并不重视外在羁绊，而是执着于自己喜欢的东西。可谓“食去重肉，衣去重彩，首无明珠翡翠之饰，室无涂金刺绣之具”。他们二人有时间还经常外出去寻找名人书画、古董金器，遇见喜欢的都开心得不得了。慢慢地，他们专门用来收藏的“归来堂”，单是钟鼎碑碣之文书就有两千多卷。

此时的赵明诚已是朝廷命官，虽然有父亲的光芒照耀，但是仍旧资历较浅，还没有资格常驻京城，而需要奔波外地。分离久了，思念愈重。

有一年重阳节，赵明诚又不在李清照身边。独自一人在家的李清照忍不住思念，拿起笔来写下了《醉花阴》，寄给丈夫。

“薄雾浓云愁永昼，瑞脑销金兽。佳节又重阳，玉枕纱橱，半夜凉初透。东篱把酒黄昏后，有暗香盈袖。莫道不销魂，帘卷西风，人比黄花瘦。”一句“人比黄花瘦”，思念郎君的女子形象被刻画得栩栩如生，仿佛看见一双消瘦的小肩膀在西风中孤寂地画下一个穿越时空的背影。

独处深闺的思念与寂寞在李清照的笔下跃然情动。赵明诚接到词作之后，赞赏不已，为妻子的才华所倾倒，被诗句的感情所震撼，也提笔写下同题诗词。之后赵明诚又拿着自己原来写的诗词，共五十首，和李清照的《醉花阴》一起请友人陆德夫品评，想要看看谁的诗好。

陆德夫捧起这些诗词一句句仔细品评，对赵明诚的才华自是赞不绝口，兴奋地跟赵明诚说：“有三句绝佳！”赵明诚连忙问是哪三句，陆德夫答道：“莫道不销魂，帘卷西风，人比黄花瘦。”赵明诚哈哈大笑。

公元 1127 年是李清照噩梦开始的年份。这一年北方的女真大军来势汹汹，长枪短刀地竟然攻破了北宋的都城汴梁，宋徽宗、宋钦宗不幸被俘，宋高宗仓皇而逃。

李清照和丈夫迫不得已随着逃亡的大部队，漂泊到江南。战争是无情的，战火燎烧的地方活下来已属不易，身外之物是无法再保全的了。李清照和赵明诚辛辛苦苦收集来的金石字画很多都来不及带走，多年心血付诸东流。

逃亡到青州，夫妇二人有了暂时的喘息时间。赵明诚开始着手写《金石录》，把他们二人收集来的金石名画都辑录在册。这是一项浩大的工程。二人收集的古董太多，逃亡时有不少散失，散失的部分只能凭借记忆写出来了。丈夫在专心写作的时候，李清照就在一旁静静研墨，遇到丈夫拿不准，或者有遗漏的地方，李清照都会直接地指出来。有这样一位记忆力绝佳、学识超群的贤内助，《金石录》日渐完整起来。

此时，羸弱的宋朝根本无法抵抗外敌。女真兵锋所至，势如破竹。1127 年，青州被女真攻破。青州知府腐败无能，听闻金兵攻来，没有思考如何应战，反而收拾细软，坠绳逃走。李清照迫不得已和丈夫一起带着两人收集来的古董，躲避女真军队追杀。

南渡江宁，路过当年项羽誓死不投降的乌江，李清照有感而发，写下了那首著名的《夏日绝句》：生当作人杰，死亦为鬼雄。至今思项羽，不肯过江东。李清照柔弱委婉，却最是坚强决绝，其词风丰富立体也得益于这种外柔内刚的性格。

面对南宋政局，李清照只有面对乌江兴叹。仓皇出走的他们，疲惫不堪。李清照后来在《金石录后序》中描述了这段经历："既长物不能尽载，乃先去书之重大印本者，又去画之多幅者，又去古器之无款识者。后又去书之监本者，画之平常者，器之重大者。凡屡减去，尚载书十五车，至东海，连舻渡淮，又渡江，至建康。"

1128 年春，他们终于抵达了江宁府。

然而舟车劳顿，加上南方气候潮湿，他们的生活又困顿起来，赵明诚很不适应这样的生活，生了病，这一病就再也没有好转。初到江宁府，又是战乱时期，找不到好大夫和药材，赵明诚久病缠身，于 1129 年的农历八月十八,万般留恋，撒手西去。

长达三十年的幸福生活在战火中最终毁灭，心爱的人儿就这样病死在苍凉陌生的他乡。李清照终日以泪洗面，不敢回想过去。

“寻寻觅觅，冷冷清清，凄凄惨惨戚戚。”没了赵明诚的李清照就像是一只孤雁，在天空中惊慌地扑扇着自己的翅膀，无力又凄惘。她只能守护自己和丈夫收集来的古玩，守护丈夫最后的心血《金石录》。

庭院深深深几许？人间悲悲悲几重？在这飘摇的时代，遍尝人生苦甜的李清照，终于在寂寞江南，孤独终老，那个常常醉卧藕花深处的少女，在无情的时光里，永搁孤笔，只留下无数唯美的字字句句，在深情中吟唱徘徊。

卷十五

折柳情深·忆旧游

忆旧游

宋·吴文英

送人犹未苦，苦送春随人去天涯。片红都飞尽，正阴阴润绿，暗里啼鸦。赋情顿雪双鬓，飞梦逐尘沙。叹病渴凄凉，分香瘦减，两地看花。

西湖断桥路，想系马垂杨，依旧欹斜。葵麦迷烟处，问离巢孤燕，飞过谁家？故人为写深怨，空壁扫秋蛇。但醉上吴台，残阳草色归思赊。

吴文英这个名字并非耳熟能详，但“梦窗”这个名号爱词之人一定不陌生。宋代词人吴文英，字君特，号梦窗，晚年又号觉翁。人们常常把梦窗词和清真词并举，二人都是宋代词坛婉约派的代表人物。生于江南的他，也曾醉心科举，然而屡试未第，于是生活重心就放在了游历大好江山，他最喜欢的地方是天堂苏杭。

就像我们旅行时喜欢发朋友圈照片一样，吴文英每到一个地方，就会填词一首，感慨古人的风雅真不是我们现代人的自拍杆游客照能比得了的。他勤勤恳恳地记录着游览踪迹，路上见闻。《忆旧游》也是词人游历期间所作，是一首离别之作。

彼时词人还在苏杭游历，借宿在王戚贵胄家里做门客，机缘巧合结识了黄澹翁。两人一同游玩，畅谈古今，好不痛快。但天下无不散之筵席，词人终要离开旧友，去往新的地方。吴文英的心里五味杂陈，写下了这首词。

送人犹未苦，苦送春随人去天涯。

莺莺燕燕的春天过去了，友人却也随春离开。春日里离别已经令人倍感苦涩了，夕阳下折柳送别，暖风中互道后会有期。开头作者融情于景，寄自己满腹的不舍于萧瑟的景象。

片红都飞尽，正阴阴润绿，暗里啼鸦。赋情顿雪双鬓，飞梦逐尘沙。

道旁花落空留残枝，花瓣残破的模样就像我此刻要和你分别的心情，乌鸦这不解人意的鸟儿，不知在哪条巷子里鸣声哀婉，听闻此啼我心更伤。此情此景，让这次离别分外地凄离起来。离别的不舍之情令我双鬓一瞬如雪，想起与你初遇时我意气风发、满腔热血，年少时流光之梦都已被风卷入漫漫尘沙，不知去向。

叹病渴凄凉，分香瘦减，两地看花。

近来也总是病痛缠身，你再离去，更感身边凄凉，没人再陪我一起吟诗同游了。自此以后，就要分别两地，欣赏不同风景了。每想至此，都感觉自己衣带渐宽人消瘦。

西湖断桥路，想系马垂杨，依旧欹斜。

犹记得当年你我二人在西湖断桥边饮酒作诗，湖畔拴马的那棵垂柳仍以彼时的姿态默默生长，然而却再不见友人身影在树间徘徊了。夕照下的湖光树影，或许只能留在梦里，现实再无旧景可赏。

葵麦迷烟处，问离巢孤燕，飞过谁家？

正如《诗经·黍离》所吟唱的那样:“彼黍离离,彼稷之苗。行迈靡靡,中心摇摇。知我者,谓我心忧,不知我者,谓我何求。”看田野远处雾气还未散去,庄稼在地里安静地睡着,绰绰烟影氤氲如迷梦。好想问一问那离巢独往的孤燕,你曾飞过多少亩良田,到过哪户人家?

故人为写深怨,空壁扫秋蛇。

人生太多后会无期,这捧离愁该如何排解,千言万语不知如何表达,拿起最爱的一支笔,在墙壁上书写心内对友人深深的思念和不舍。可抬起笔来,却心思陈杂,逶迤潦草的字迹将我此刻情感完全暴露,道一声珍重吧,亲爱的朋友。

但醉上吴台,残阳草色归思赊。

还是喝醉了好吧,醉醺醺地走过你我分离的地方,看天边的一抹残阳,挣扎照亮脚边的草丛,这份思念之情被夕阳光影拉得好长,绵绵无绝。

词人移情于景,情真意切,令人动容。对于他的词,争议颇多,既有“如七宝楼台,眩人眼目。碎拆下来,不成片断”这般批判他的词晦涩堆砌,毫无活泼生气的讨伐之语;也有“梦窗(即吴文英)奇思壮采,腾天潜渊,反南宋之清,为北宋之秾挚”;又说他“运意深远,用笔幽邃,炼字炼句,迥不犹人。貌观之雕缋满眼,而实有灵气行乎其间”的推崇备至的赞语。

吴文英的词风写作集周清真和姜夔词等婉约词人的清空密丽，自成“近人学梦窗，辄从密处入手。梦窗密处，能令无数丽字一一生动飞舞，如万花为春；非若琱蹙绣，毫无生气也”的独特风格。

吴文英一生经历宋朝最黑暗腐朽的宁宗、理宗二朝。宋朝重视文人，吴文英虽未在科举上有所斩获，但他仍旧凭借着自己过人的才华，在词人辈出的宋代词坛占得了一席之位。这与词人心思细密，纯真感性的性情有莫大的关系。同样是写别离，另一首《唐多令·惜别》却是另一番光景。

何处合成愁？离人心上秋。纵芭蕉、不雨也飕飕。都道晚凉天气好，有明月、怕登楼。年事梦中休。花空烟水流。燕辞归、客尚淹留。垂柳不萦裙带住，漫长是、系行舟。

要怎样才能合出一个愁呢？词人开篇就提出了这样一个奠定愁绪的问题，那就是离别之人的心上加了一个“秋”字啊。这是我很喜欢的一句词，除了将字巧妙地拆解开来，也将那种一瞬踏入悲秋的气氛烘托得淋漓尽致，离人的心在寒风中微微颤抖，满腔落叶扫地般的离愁跃然纸上。

纵是秋天未至，也没有秋雨簌簌，飘落在芭蕉叶上，天气温暖依旧，可也能感觉到这风吹芭蕉散发出来的飕飕寒气。别人都说夜晚的天气最好，夜空晴朗，月凉如水。可是我却害怕此时登上高楼，那皎皎银盘下的情景，我的心更加无处安放。

【一五一】

像是做了一场梦一样，我美好的年华就这样如落花逐水。往事悠悠，呢喃的燕子都已飞回自己温暖的南方故乡，我却依旧只能独自一人驻留在这寒冷的异乡。

岸边杨柳牵不住你离别的衣裙罗袂，却紧紧拴住我回家的归舟。

也是这样的别情，同样有燕子有垂柳，两首词传达的情感却是同中有异。曾有人这样评说吴文英的词，“宋词以梦窗词最难治。其才秀人微，行事不彰，一也。隐辞幽思，二也”。

《忆旧游》中，词人通过描写自己送别友人时的景物，和自己对过往同游的具象化回忆，表现出了诗人对友人离去不舍，不知何年再相见的无奈。《唐多令·惜别》中，词人则是通过对自己幽微内心抽象细腻的展示刻画，来表达自己的思念。

《忆旧游》别情之中更多的是词人对自己年华已渐渐逝去的伤感之情。年少时的梦随着年华老去，渐渐消泯在这无情的岁月里。看着身边人的离去，更是惊觉自己的青年时光怕已经是随流水逝去，不能复制，无可挽回，内心潜有的凌云壮志也只化作一场寒雨。

而《唐多令·惜别》中传达出来的“隐辞幽思”更多的是对远去故乡的怀念，对自己年岁已老，却仍旧飘零他乡的羁旅殇别之情。那柔软的垂柳连呢喃小燕都牵不住，却把我牢牢拴在这没有秋雨却依旧寒冷刺骨的异乡。

诗人心思细密，对情感的体察入微，使其诗歌在表达同一种情绪时，却用不同的手法做支撑，其词韵美丽丰富立体，情感饱满强烈，是这些深情文字流传千年的理由。

卷十六

多情泪满春衫袖·南歌子

南歌子

宋·欧阳修

凤髻金泥带，龙纹玉掌梳。走来窗下笑相扶，爱道画眉深浅入时无。
弄笔偎人久，描花试手初。等闲妨了绣功夫，笑问鸳鸯两字怎生书。

苏轼的老师，宋代文坛上鼎鼎大名的领头人，欧阳修给我的印象一直是阳春白雪、亭亭净植，不容亵渎。偶然翻开诗集，却发现欧阳修也有这样柔情缱绻的花间词作品，着实让欧阳修粉不知是眼前一亮还是眼前一黑，不过仔细读来，风趣悠然。虽然前人一直把这首诗冠以冯延巳的大名，但是据后人考证，此词实为欧阳修所作。

凤髻金泥带，龙纹玉掌梳。

早上起床之后，妻子用凤钗和金丝带把头发盘成一个美丽的髻，玉指轻蜷，用龙纹梳轻梳发髻。

走来窗下笑相扶，爱道画眉深浅入时无。

理好云鬓，她走到丈夫跟前，娇声问道："看看我的眉色，深浅合适吗？"

弄笔偎人久，描花试手初。

依偎在丈夫怀里，削葱玉手摆弄着毛笔，试图描画出刺绣的花样来。

等闲妨了绣功夫，笑问鸳鸯两字怎生书。

时间就这样不知不觉地溜走了，眼看刺绣还没有画好，妻子却笑着问丈夫：“这‘鸳鸯’两个字怎么写的？”

欧阳修的这首词即为典型的花间词作品，词人从女子的视角出发，通过语言、神态、动作的描绘，突出了一个娇嗔可爱的少妇形象。

只是简单的几个问句，幸福感溢于言表，香艳委婉，颇令人心动。作为宋词大家，欧阳修却也能从细小处着手，把闺房之乐写得充满雅趣。

欧阳修出生在四川绵阳，出生时父亲已经五十六岁了，在他三岁的时候，父亲就去世了。欧阳修自小和母亲相依为命。后来在欧阳修叔叔的帮助下，欧阳修才没有丧失受教育的机会。天资聪颖的他一生博学，饱览群书，官至翰林学士、枢密副使、参知政事。科举仕途一帆风顺，殿试高中，在西京为官。后人又将其与韩愈、柳宗元和苏轼合称“千古文章四大家”。与韩愈、柳宗元、苏轼、苏洵、苏辙、王安石、曾巩被世人称为“唐宋散文八大家”。

1029 年，欧阳修一路过关斩将，从国子学到国学解试，再到礼部省试都取得了非常好的成绩，“连中三元”，获得了殿试的机会。在殿试中也战绩上佳，获得了官职。还被恩师胥偃看中，招他做了女婿。在洛阳城更是备受前朝贵族、当朝大员钱惟演的扶持，一路顺风顺水。

钱惟演对欧阳修这一班的文人非常好，在他手下为官时，不仅很少让他们承担过于繁重的琐碎事务，反而支持他们尽情玩乐，自由创作。

有一次，欧阳修和同门一起到嵩山游玩，突然下起了雪，一行人正感叹时不与我，钱惟演的仆人就到了，还带来了厨子和歌女，告诉他们，府中无事，让他们在嵩山好好赏雪吧，在官场中能有这样一位通情达理、体恤甚至骄纵下属的上司真是一大幸事。

当时的文坛“太学体”流行甚广，辞藻堆砌，华而不实，满是套话。欧阳修对这种死板的文风深恶痛绝，力图通过自己的努力改变文坛的这种现状，正是有了钱惟演的支持，欧阳修才开始推行影响深远的“古文运动”。

真名士自风流，早年欧阳修的仕途太顺利，因此纵情声色，有过不少风流故事。

先说一个和老上司钱惟演有关的故事。欧阳修在洛阳做官时，常与某官妓缠绵。按宋朝规定，官妓只准官场应酬时召集，不能和官员有私，但是天生风流的欧阳修不在乎这些。有一日，洛阳留守钱惟演在自家召集同僚饮酒，梅尧臣、谢绛、尹洙都入席了，唯独找不到欧阳修。过了好一阵，欧阳修才和这位官妓姗姗出现。坐定之后，两人还暗送秋波。钱惟演对欧阳修依旧很宽容，他问官妓为何迟到，官妓说天儿太热，在水榭里睡着了，结果金钗还丢了。

钱惟演听了，大笑着说：“如果欧阳修帮你写一首词，我就赔你一支钗。”欧阳修见状兴致大起，便即席填了一曲《临江仙》，曰：“柳外轻雷池上雨，雨声滴碎荷声。小楼西角断虹明。阑干倚处，待得月华生。燕子飞来窥画栋，玉钩垂下帘旌。凉波不动簟纹平。水精双枕，傍有堕钗横。”细细读来，这首词真让小时候背过《醉翁亭记》的我们有些无法直视，但醉翁能谈笑间就把闺中乐趣写得如此惟妙惟肖，情景相融、晦而能懂、艳而不俗也真不愧是大手笔。

风花雪月，人之常情。欧阳修任职扬州，还曾命人建造了华丽的“平山堂”专门用来避暑。堂内，雕龙画栋，流觞曲水，华丽程度堪称当时“淮南第一”。

每到夏日酷热之际，欧阳修就带领家眷和客人前往平山堂避暑行乐。当时他们酷爱一种“传花”的游戏。即命人从荷花池选取盛开的荷花千余朵，放置在百余花盆中，每个客人旁边放一盆，每次行酒令的时候，就命歌女小妾们随便选取荷花，让客人们依次摘取花叶，摘完的时候就要举杯畅饮。一场花酒也能喝得荷香满园，意兴佼佼，不禁感叹古人真会玩儿。

历史上的欧阳修颇喜欢和歌女玩乐。据说有次途经湘阴时，欧阳修遇见两个绝色的歌女，歌声动人、身段婀娜，三人一起在湖中游玩甚欢，欧阳修甚至作词纪念这次欢乐的相逢。临走时，欧阳修还和二人约定，等他来这里当太守时，还要找她们二人玩乐。

过了几年，欧阳修如愿做了湘阴的太守，但是那两个美女已经找不到了。欧阳修为此还写了一副对联留在当日游玩的亭子上：“柳絮已将春色去，海棠应恨我来迟。”

作为师道尊严的代表，欧阳修也不仅只有严肃的一面，更有“不见去年人，泪满春衫袖”的多情。他的词大多语言简洁流畅，文气纡徐委婉，言而有物，即便是写起花间词，风格也是坦诚自然，字字思无邪，香艳处处栽。既然是醉翁，自然薰薰难自持，倒也一番风情别致。

卷十七

寂寞人间五百年·江城子

江城子

宋·秦观

西城杨柳弄春柔，动离忧，泪难收。犹记多情，曾为系归舟。碧野朱桥当日事，人不见，水空流。
韶华不为少年留，恨悠悠，几时休。飞絮落花时候、一登楼。便做春江都是泪，流不尽，许多愁。

“风流不见秦淮海，寂寞人间五百年。”这是王士祯在《高邮雨泊》中对秦观的怀念之语。秦观，字少游，号邗沟居士，北宋著名词人，著有《淮海集》《淮海居士长短句》，因而世称淮海先生。他是著名的“苏门四学士”（黄庭坚、秦观、晁补之、张耒）之一。

“自在飞花轻似梦，无边丝雨细如愁”，秦观的诗词总是弥漫着晨雾般难以清散的忧愁。在他眼中“飞花”“丝雨”都成了忧愁的具象物。仿佛这世上，除却伤怀，无可留恋。

西城杨柳弄春柔，动离忧，泪难收。

深春时节，西城边的杨柳舒了眉头软了腰，姿态娇嗔想要留住春天的柔情。柳烟曼妙拨人心弦，让我想起了挥手转身时的忧伤，眼中蒙雾，泪水被一忍再忍还是夺眶而出。

犹记多情，曾为系归舟。碧野朱桥当日事，人不见，水空流。

犹记多年前，一个相似的春日，杨柳新绿，垂着依依情绦。水边相会时，你亲自为我把归来的轻舟系好。嫩绿的田野，深红的木桥，这情景历历在目。而此刻，你却不在身边，只有溪水潺潺流淌，孤独地支撑着曾经的画面。

韶华不为少年留。恨悠悠。几时休。

美好的青春年华从不为哪位少年停住脚步，这分别的苦恨如此绵长悠远，不知何时休止何时穷尽。

飞絮落花时候、一登楼。便做春江都是泪，流不尽，许多愁。

在这个漫天杨柳絮，繁花落沧桑的春天，我独自登上楼台。即使这满江春水都化作腮边相思泪，也流不尽我心头离忧别愁。

这首词借景抒情，上片“弄春柔”的杨柳，勾起词人对于往日“碧野朱桥会”的回忆，然后过渡到下片对时光易老、别情依依的感慨。于清新淡雅中，蕴藉着凄婉的悲情。特别是最后两句借水抒情，颇为巧妙。正如俞陛云在《唐五代两宋词选释》中所说：“结尾两句与李后主之‘恰似一江春水向东流’，徐师川之‘门外重重叠叠山，遮不断愁来路’，皆言愁之极致。”

秦观出身寒门。其父饱读诗书，却一直郁郁不得志，在秦观十五岁时就去世了。由于家境潦倒，直到三十岁，秦观才参加了第一次科举，却也名落孙山。

当时的科举，并不实行“糊名制”，主考官阅卷时可以看见考生姓名。

因此才子既要有才华，又要有名家引荐，方可在科举中被主考官选中。

秦观意识到自己想要出人头地，必须先找一位“名师”。他首先想到名满天下的苏东坡。恰逢东坡先生要和孙觉到扬州游玩，秦观就请孙觉帮忙引荐自己。

为了引起苏轼的注意，他还特地跑到苏轼游玩必经的寺庙中，在墙壁上模仿苏轼的笔迹，挥毫题词一首，静候东坡先生的到来。

不明真相的苏东坡猛然看到墙壁上醒目的题词，绞尽脑汁也想不起自己曾来过这个地方，写过这些诗句。正在心底打鼓，看见孙觉递上秦观的作品，苏东坡才恍然大悟：“向书壁者，岂此郎也！”——在墙壁上题诗的人，肯定是这小子！

这次奇妙的遭遇，让苏轼记住了秦观的名字。之后秦观带着自己的得意之作《黄鹤楼》前去拜访东坡先生。苏轼读罢大声赞叹道：“此屈宋才也！”拜师也就顺理成章了。

秦观的拜师仪式办得十分盛大，有人记述当时的盛况云：“秦观执弟子礼，仪态雍容，论说雄辩，令人为之侧目，苏东坡则称赞他为‘杰出之士’。”自此，秦观声名鹊起。

后来，身价倍增的秦观再一次参加科举，顺利地高中进士。由此可见，秦观不仅满腹才气，还颇有些规划人际关系的手腕。

秦少游的妻子是徐文美。一个来自江苏高邮的富家千金。她的父亲是当地有名的富户，还捐了一个小官做，十分仰慕秦少游的才气，便把自己年轻貌美的女儿嫁给了当时还未有功名的秦少游。秦少游的这位岳丈十分通情达理，并不嫌弃秦少游家贫如洗，他看中的就是秦少游的才华，曾经对秦少游说："子当读书，女必嫁士人。"

秦少游十分珍惜自己家贫时妻子和丈人的不离不弃，妻子死时，秦少游曾写下这样的词作纪念和妻子的点点滴滴：

髻子偎人娇不整，眼儿失睡微重。寻思模样早心忪。断肠携手，何事太匆匆。

不忍残红犹在臂，翻疑梦里相逢。遥怜南埭上孤篷。夕阳流水，红满泪痕中。

可别看少游词堪称婉约典范，用词委婉入心，画风优美柔和，就认为秦观是个文弱书生，其实秦少游是个"美髯公"，身长九尺，膀大腰圆，不折不扣的猛男一枚。

自古才子多风流，更何况秦少游是一位有着婉约心肠的伟岸男子。他一生野花烂漫，绯闻不断，保存下来的四百多首诗词作品中，有四分之一都是关于爱情的，而且其中的主人公们大多数都是青楼女子，钱锺书曾评述秦少游的诗是"公然走私的爱情"，可见其感情生活的丰富猛烈。

一次，秦少游办事途经浙江绍兴，当地的官员在家中摆下酒宴盛情款待秦少游。席间，秦少游被一名歌伎吸引，歌伎更是为他的才名所倾倒，二人眉目传情，很快就擦出了火花。

秦少游把这段故事写进了词作《满庭芳》里，以“山抹微云，天连衰草”开头，以“销魂，当此际，香囊暗解，罗带轻分。漫赢得青楼，薄幸名存”结尾。十分唯美地描写了这段感情故事。以致苏轼看罢此词，便戏称秦少游为“山抹微云秦学士”。

士子狎妓是当时流行的风气，到了宋代，青楼事业更加繁盛，花柳之地令无数文人墨客流连忘返，才会有柳永奉旨填词，终身混迹于青楼歌伎间，却被传为美谈的故事。

秦少游自是不能免俗。他曾遇见一个名叫巧玉的歌女，二人在一起的日子自是缠绵恩爱。相处得久了之后，巧玉就想要一个名分，甚至为此费尽心力，脱去妓籍。

这样的要求让秦少游甚是为难，身为朝廷命官的他，怎么能轻易地纳妓女为妾呢？为了安抚情人，秦少游写下了著名的“以七夕写爱情”的词作——《鹊桥仙》。

纤云弄巧，飞星传恨，银汉迢迢暗度。金风玉露一相逢，便胜却人间无数。

柔情似水，佳期如梦，忍顾鹊桥归路。两情若是久长时，又岂在朝朝暮暮！

可见无论古今，一个“情”字，就可以做完美的借口，借口总是显得比实话更大义凛然、更气壮山河，相爱一秒就生死无憾，情深如你我便是地久天长，要名分那是俗人的事啊，我们早就胜却人间无数了。真是先感动自己，再忽悠天地，少游兄感人至深的搪塞金句，屡试不爽近千年。

一直在外做官的秦少游，生活并不安定。自小和母亲相依为命的他，为了能够早晚侍奉母亲，走到哪里都把母亲安排在身边。后来妻子去世，秦少游便买了一位名叫朝华的女子，来时时侍奉母亲左右。

母亲看出朝华仰慕儿子的才华，便做主要秦少游纳她为妾。这一年，秦少游已然四十五岁，而朝华只有十九岁。

后来，秦少游因为官场上和宰相政见不同而被排挤，从国史院编修官被贬为杭州通判。此时的秦少游已年过半百，他知道自己这把年纪被贬应是凶多吉少，便写信让朝华的父亲把她领回家去，以免受自己牵连。

送走朝华这一日，心中多有不舍，赋诗一首赠别朝华，以“百岁终当一别离”表达自己内心的悲切与无奈。

秦少游来到杭州不久，朝华就不顾一切地追随他而来，想要和他一起承担命运所有的荆棘。但是不久秦少游再次被贬，并且惩罚十分严重，不准带家属在身边。因为不能陪在秦少游身边，年轻的朝华十分伤心。秦少游离开杭州后，朝华就回到了秦少游的家乡，削发为尼，终身为秦少游吃斋念佛，了却尘缘。

回顾少游情路，颇为顺风顺水桃花夹岸，可是政途却充满坎坷。一次次的失意困窘让他的诗作中充满了不甘和悲愤。

身为苏轼的学生，不免也要受到苏轼政治变动的牵连，他在仕途上顺心的日子非常短暂，一次次的政治打击给他的仕途和心灵都蒙上了阴影，朋党之争使之受苦尤甚。每一次好不容易争取来的升迁机会，总会被政敌以各种各样的奇葩理由弹劾，最终付诸东流。他为自己取字“少游”，就有为情势所迫颠沛流离的意味。

哲宗皇帝亲政后，苏轼党的日子就更不好过了，多位名满天下的才子连同苏轼一起，统统被贬谪为芝麻小官。秦少游更是饱受牵连，甚至曾一度被贬至广东雷州，和被贬至海南琼州的恩师苏轼隔海相望。

秦少游心思细腻敏感，满心苦闷无处排解，终日郁郁寡欢，恩师苏东坡却非常达观，于岭南苦境中也能找到“日啖荔枝三百颗”的乐趣。

宋哲宗绍圣三年，不再意气风发的秦少游被贬途中经过湖南衡阳时，受到当地太守的款待。当时正值春末，看见江边渐渐浓绿的落木，不禁感叹自己的身世飘零。写下“镜里朱颜改”的悲怆之句，可见当时心情之低落。

宋徽宗即位后，苏轼一干人等得到了赦免，而这沉冤昭雪对秦少游来说，已为时太晚。在奉诏回京的路上，秦少游溘然长逝。一代才子驾鹤西归时，只有五十二岁，即知天命却已无福消受人间所爱。

听闻少游去世的消息，苏轼悲得“两日为之食不下”，感慨道：“少游已矣，虽万人何赎！当今文人第一流，岂可复得？哀哉！哀哉！”

其实被贬雷州之时，秦少游就隐隐地感到自己时日不多，还为自己写下挽词，诗中甚至精细地描写了自己死后的情景：“官来录我橐，吏来验我尸。藤束木皮棺，槁葬路傍陂。家乡在万里，妻子天一涯……”

“自在飞花轻似梦，无边丝雨细如愁”，秦少游的这一生虚虚实实，山水兼梦，有过美妙的桥段，而更多凄清梦魇，只道是落花飘忽水逆流。

卷十八

天涯明妃去不归·昭君词

昭君词

唐·陈昭

跨鞍今永诀，
垂泪别亲宾。
汉地随行尽，
胡关逐望新。
交河拥塞雾，
陇日暗沙尘。
唯有孤明月，
犹能远送人。

中国古代的各类排行榜中，四大美女的排行榜可谓是无人不知，无人不晓。西施、貂蝉、王昭君、杨贵妃，并列为我国古代四大美女。四大美女享有“闭月羞花之貌，沉鱼落雁之容”。其中“落雁”说的就是“昭君出塞”的故事。传说昭君告别故土，登程北去。一路上，昭君想起再也不能回到中原，肝肠寸断，在马上信手拨弄琴弦，奏起一首悲伤离别之曲。南飞的大雁听到这琴声，看到马背上这美丽的姑娘，忘记了振动翅膀，跌落地下。从此，昭君的名字就与“落雁”联结在了一起。

跨鞍今永诀，垂泪别亲宾。

跨上锦鞍向家人告别，一去不知是否有归期，一别不知能否再见，想到这儿啊，泪水就止不住地流淌。

汉地随行尽，胡关逐望新。

跟着迎亲队伍一步步地走，属于我大汉的地方越来越远，熟悉的景物渐渐消失，胡地慢慢地映入眼帘，周围都是我从前没有见过的景色。

交河拥塞雾，陇日暗沙尘。

大漠边上，两条河交汇奔流，夕阳西下，河水咆哮出遮天水雾。沉闷的日头慢慢翻过沙漠，彻骨的寒意袭来，大漠天色越发暗淡。

唯有孤明月，犹能远送人。

身边熟悉的人都不在了，只有天边明月孤影仍不离不弃地陪着我，好像一定要把我送到遥远的他乡才安心。

诗人以王昭君的口吻，描述了出塞路上的所见所闻。通过对塞外景物的描摹，衬托出昭君此去内心的不安和对故土的留恋之情。

王昭君是汉元帝宫里的宫女。能进宫的姑娘，在当时也都是有一定身份、受过一定教育的女孩子。汉朝门阀制度森严，普通的山野村妇是不可以进宫服侍贵族的。

王昭君虽算不上出身望族，但是家中也还有一定根基，识得诗书，能歌善舞，尤善琵琶。她容貌清秀，对事情有自己的看法，性情十分刚烈。

那时候并不是每一个宫女都有机会面见皇帝的，皇帝想要召见哪个宫女之前，都会先看一看她的画像，就像点菜看菜单画册一样，因为这个缘故，宫廷画师可是一个美差。时任宫廷画师的毛延寿每次在给宫女们画像之前，都会收到各个宫女送他的礼金，以求画师可以把自己画得美一点。

王昭君就看不惯这种风气，执意不给毛延寿送礼，因此她的画像一点儿都不出众，在宫中几年也没有见到过汉元帝一次。

深宫中的日子越发无聊，昭君甚至羡慕起天上大雁的自由自在，她也渴望能去见想见的人，看看红墙外的风景。春去秋来，寒来暑往，王昭君仿佛已经望穿了自己孤苦的一生，青春年华就要消耗在百无聊赖的宫中，她却没有一点办法。只能等到红颜折枝，昭君才会被放出宫去，独自终老。这种虚度光阴、浪费生命的日子，让昭君十分痛苦。

这一年，边塞的匈奴首领呼韩邪单于又一次进京求亲了。“和亲”政策在汉朝初年国力微弱之时，常常被用来缓解边疆危机。汉武帝曾派出大量的“民间公主”和“贵族小姐”投身边远苦寒之地，示好异邦，以换取暂时的安宁。

随着国力的强大，汉武帝渐渐把对外政策由妥协忍让的“和亲”变成了“战争”。几次大型战争，匈奴皆是惨败而归。到了武帝末年，“匈奴孕重堕殰，疲极，苦之，自单于以下常有和亲计”，从此，匈奴和汉朝进入了长久的和平期。

接下来的几十年，匈奴内部内患不断，争权夺位的事件屡见不鲜。公元 36 年，匈奴的一个分支呼韩邪和汉朝联手，铲除了自己政治上的死对头——漠北的郅支。自此，匈奴实现了统一。匈奴自知自身实力单薄，难以和强大的汉朝对抗，为了赢得汉朝的信任，匈奴的首领呼韩邪单于一次又一次地主动觐见，请求和亲，自言“化愿婿汉氏以自亲”。

面对匈奴的这一请求，汉元帝很开心地应允了。他命人在宫中挑选合适的宫女，择日举行册封仪式，和单于一起回去。

单于选妃的消息在后宫中传开，那些未曾见过皇帝的宫女们都十分惊恐，生怕自己被选中，送到那偏远苦寒之地。听说那里终年冰雪，说的话都是胡语，无法交流，匈奴们更是爱饮热血吃生肉！谣言四起，每位听到的姑娘都吓得花容失色，留在汉宫还有机会面见圣上，兴许能飞上凤凰枝头，若是真的远嫁匈奴就是死路一条。

王昭君听到这个消息后，心底却闪过了一丝希望，这难道不是一个重新拥有自由的机会吗？她明白宫中这些谣言里所透露的艰苦，她知道嫁到边塞肯定不是什么美差，但她也明白，这是一个机会，或许能施展自己的才华，或许能重获新生，总比在深宫中耗尽生命要来得更有意义。

王昭君毕竟也是一个弱女子，心里对陌生的世界也有着无端的恐惧，但是她权衡再三，毅然选择离开这种苦守深宫的生活，与其被命运选择，不如放手一搏，选择命运。

于是，王昭君向管事的大臣勇敢地说："我要去。"

看到美丽的王昭君主动请缨，大臣自然欣然同意，把名字上报给了汉元帝。

汉元帝吩咐大臣，择日为王昭君和呼韩邪单于在长安举行婚礼，然后再送到边境匈奴之地。

婚礼当日，王昭君身着红袍头戴纱，肌肤胜雪，一颦一笑都令人倾心。和呼韩邪单于一起给汉元帝敬酒时，汉元帝第一次看清了这位名叫昭君的女子，深深地为她的美貌所折服。

杯盏间，汉元帝后悔不已，如此佳人已在宫中多年，自己竟无缘一见，今日的初见即是永别。宴饮罢，送别昭君和单于，汉元帝醉酒归还，再把昭君进宫的画像拿出来看，却是判若两人，一怒之下，砍了宫廷画师的脑袋。

婚礼举行完毕，呼韩邪单于就要带着他美丽的新娘回匈奴胡地了。汉元帝派了官员代自己送他们出关。这才出现了陈昭《昭君词》中所描绘的那番情景。

王昭君在汉朝官员的护送下，和呼韩邪单于平安地到达了胡地。在胡地，王昭君被封为“宁胡阏氏”，意思就是“王后”。可见呼韩邪单于还是很重视这份和大汉朝的联姻的。王昭君在这里不仅是匈奴的王后，她更是一种和平、兴旺的象征。

边境苦寒，黄沙漫天是最常见的景象。日子久了，从小在山清水秀、吴侬软语的江南长大的王昭君也渐渐地适应了匈奴的生活。她利用自己的所学，尽力地帮助匈奴人过上更舒适的生活。

古往今来，反映王美人这段传奇经历的各种小说、诗歌层出不穷。“昭君出塞”更是成为一种象征，被诗人们反复咏叹。

而对昭君出塞时心情的阐释，也分为两个方向。是哀怨，是不甘，是无奈，还是自我的选择，人生价值的实现，这些自古就没有定论。

有杜甫感慨王昭君“画图省识春风面，环佩空归月夜魂。千载琵琶作胡语，分明怨恨曲中论”；也有王安石“明妃初嫁与胡儿，毡车百辆皆胡姬；含情欲说无语处，传与琵琶心自知”的理解之语；既有李白“燕支常寒雪作花，蛾眉憔悴没胡沙。生乏黄金枉图画，死留青冢使人嗟”的无限怜惜；亦有王安石“君不见咫尺长门闭阿娇，人生失意无南北”的豪迈之言；更有“青冢”碑上“一身归朔漠，数代靖兵戎。若以功名论，几与卫霍同”的史家之论。

从汉朝走来而名垂青史的美人并不多见，昭君的传奇更多的要归于她不拘于时代的宏大格局。我愿相信这一切都是昭君自己的选择，边塞虽苦，可是自由不易。和耗尽一生等待圣上的雨露均沾比起来，远赴他乡望雁飞，大漠长河侍新怀真可谓有趣、有意、有情怀了。

边关的黄沙依旧翻飞，明妃的琵琶穿越千年，伴随着汉歌的节拍，落雁的昭君梦归故里。

卷十九

触目此情最伤·谒金门

谒金门

宋·朱淑真

春已半，触目此情无限。十二阑干闲倚遍，愁来天不管。

好是风和日暖，输与莺莺燕燕。满院落花帘不卷，断肠芳草远。

这是一首借景抒情，写尽闺中春愁的小词。“谒金门”原是唐朝的教坊名曲，后为词牌名。

春已半，触目此情无限。十二阑干闲倚遍，愁来天不管。

不知不觉，已近春分，美好的季节只剩一半。百花零落，柳荫渐浓，触目所及，都是春逝的背影，心中五味杂陈。

不舍这将要逝去的春光，只有整日斜倚栏杆，眺望远方，欲散心中苦楚。徘徊着走到栏杆尽头，愁绪依旧无计消除，苍天也帮不得我。

好是风和日暖，输与莺莺燕燕。满院落花帘不卷，断肠芳草远。

艳阳千里，微风送暖，人间最好的时节里，我却只能独自面对心头愁绪，无尾无端。还不如那屋外成双成对、自在飞舞的莺莺燕燕。

院子里残花满地，一片狼藉，不愿意看见这残损的情景，把帘子放下来，躲在屋里不愿再出去。芳草萋萋，绵延到天涯边，思念的人儿在遥远的阳关外，我心悲伤不已。

这是南宋著名的女词人朱淑真怀念自己的意中人所作。她与李清照并称“词坛双璧”。虽然在诗词创作上与李清照“差堪比肩”，但是在婚姻生活上却比李清照更加不幸。

这首词就是词人婚后所作，她正经历着不幸的婚姻，所嫁非所爱，只得在春光里默默地思念起自己的意中人，抒发着相爱不能相见的苦痛之情。

开头直抒胸臆，“春已半，触目此情无限”。“此情”到底是指什么情？诗人并未直接说明。“无限”二字却含义隽永，既表明了诗人怀思，又渲染了幽怨的气氛。每每说起情无限，多是求不得和已失去。

接下来，诗人运用直描的手法，简单几笔为我们勾勒出了一个无所依靠、愁绪难解的女子形象。“闲倚遍”说明了诗人滞留的时间之久，“天不管”更是满蓄忧愁。

“母也天只！不谅人只！”《诗经》中的句子，生动地表现了古时女子无法左右自己的命运的残酷事实。婚姻大事只能全凭父母做主，即使已经有心上人，也无法自己选择，朱淑真也是万千为爱挣扎的女子之一。

尽管深爱着一个翩翩少年，可她已经被牢牢地困在“父母之命，媒妁之言”的世俗碑谷里，无处可逃。这种无奈与悲伤被诗人化作“一江春水”流进了这首词里，也留在后世人的心里。

下片诗人以莺莺燕燕成双成对之景反衬了自己的形单影只，残酷的现实在大好的春光里被无限地放大。诗人曾在《恨春》中也写过类似的诗句："莺莺燕燕休相笑，试与单栖各自知！"淑真姑娘的确有点怨妇气质，长久不能与心爱之人在一起的生活已经把她折磨成了一个怨天尤人的女子，整天倚着朱栏问天问地，看到欢快的鸟儿都会忽地愤恨起来，就这么在哀怨中度过一生，想想也是令人心生恐惧。

只道是"断肠芳草连天碧，春不归来梦不通"，词中最后两句与开头相对照，写出了自己如此怨恨春天的原委。"所思在远道，断肠难聚首。"诗人隐晦的心意通过"断肠"二字曲折地表达了出来。

朱淑真的这首词作中有思念更有哀愁，想要挣脱却又不得不妥协，无助却又残存了一点点期盼，忧伤中透出嗔恨，唯独没有看见爱情应该有的甜蜜和欢喜。朱淑真的感情，有太多熬人的执念。

朱淑真的《断肠集》，是和李清照《漱玉词》齐名的宋代女诗人作品集，都是才华横溢的女子，朱淑真却远没有李清照幸运。李清照有着自由的婚姻选择，甜蜜的新婚生活，李清照早期作品少女心满满，画风总是一副小舟轻楫、和风莲动的轻快模样，喝酒赏花，与子同游，读来感觉空气都是甜的。朱淑真的词基本上从出嫁以后就都是怨恨，越读越苦。

朱淑真，自号"幽栖居士"，祖籍在今安徽芜湖，是我国宋代时期创作作品最多的女词人。她出身显赫，父亲曾在浙西做官。要知道宋代的浙西是全国最富裕的地区，可见她的父亲还是很有权势的官员。朱淑真就是出身于这样条件优渥的家庭里。

小时候的朱淑真天真可爱，聪明伶俐，饱读诗书，是个才女。出嫁前的朱淑真，每日在自己的小花园幸福徜徉，尽享无忧少女时光。

春看百花盛放，与蝶共舞；夏听蝉叫蛙鸣，荷香拂面；秋赏银杏落金，明月如盘；冬观风吹松涛，雪落心间。“一阵挫花雨，高低飞落红。榆钱空万叠，买不住春风！”“淡红衫子透肌肤，夏日初长水阁虚。独自凭阑无箇事，水风凉处读文书。”那时的她稚气未脱，每天都开心得像个孩子。

书香浓郁，环境清幽，家教温和，都给了朱淑真天真烂漫的性格。从来不知愁为何物的她，情窦初开时，也在憧憬着属于自己的爱情。

初合双鬟学画眉，未知心事属他谁？待将中秋抱满月，分付肖郎万首诗。

第一次学着把双鬟的长发盘起，画上浓淡相宜的远山黛。不知道自己这颗心将来会属于哪位公子，他现在也在想我吗？等到中秋满月之时，我一定要写上一万首诗送给我心爱的“肖郎”，爱的涟漪在朱淑真的心底悄悄泛起。

她能想到的送给“肖郎”的东西，是中秋满月时的“万首诗”。在朱淑真的梦乡里，这位“肖郎”是一个情意缠绵、诗书满腹的才子，或许还要帅，以朱淑真春心荡漾的程度看，“肖郎”的颜值绝不能低。

“门前春水碧如天，座上诗人逸似仙。白璧一双无玷缺，吹箫归去又无缘。”盼着盼着，朱淑真的这位“逸仙人”真就出现在了眼前。他并没有显赫家世，也没有万贯家财，但他“白璧无玷缺”的模样满足了她对如意郎君的所有幻想。

尽是刘郎手自栽，刘郎去后几番开？东君有意来相顾，蛱蝶无情更不来！

初入爱河的朱淑真对刘郎倾心不已，她恨不得时时刻刻都能和他在一起，分秒的分离都让她倍感苦痛。

有情人终成眷属毕竟只是个美好的愿望，是愿望有可能无法实现，从古至今都是如此，那些摄人魂魄的眼神，令人流泪的誓言，以为永远无法割舍的耳鬓厮磨，想要牵着走遍海角天涯的一双暖手，统统都有其寿命。爱情也许是你少女时代忘不了的一个侧脸，只有一瞬；也许是《罗马假日》，只有一天；也许是星辰雨雪、柴米油盐，会有几年；也许足够幸运的人，能拥有一生一世的相守相恋。

梦里寻他千百回，蓦然回首，风吹折断连理枝。

“——悲兮！哀兮！真可谓：无奈花落付流水，劳燕分飞空落泪。姻缘簿上姻缘错，鸳鸯难得鸳鸯配！”在父母的安排下，朱淑真嫁给了一个她并不喜欢的官吏，朱淑真对命运的安排无法释怀，对爱情的不得志充满怨怼。

从宦东西不自由，亲帏千里泪长流。

自从嫁给这个官宦之人，就再也没有自由，朱淑真曾经的天真烂漫在命运的驱赶下消泯全无。父母对女儿所爱慕的人完全不能容忍，对他们不合规矩的爱恋百般阻挠。所以朱淑真的婚姻开局便是无边泪，注定在漫长的光阴里成为一种残酷的折磨。

朱淑真是一个知书达理、饱读诗书之人，她渴望的是与丈夫“赌书消得泼茶香”的诗情画意，落梅听雪的浪漫情怀，而她的丈夫却是一个只知追逐名利的庸碌官吏，她只能感叹“对景如何可遣怀，与谁江上共诗裁？”

她也确实想过和丈夫培养感情，安闲度日，可官宦人士个性油滑，喜欢投机奉迎，攀龙附凤，每天都想着如何升官发财，根本没有半分浪漫，对妻子的小情小调全然不理睬，使得朱淑真对自己的婚姻越发绝望。

鸥鹭鸳鸯作一池，须知羽翼不相宜。东君不与花为主，何似休生连理枝！

黄昏院落雨潇潇，独对孤灯恨气高。针线懒拈肠自断，梧桐叶叶剪风刀。

土花能白又能红，晚节由能爱此工。宁可抱香枝上老，不随黄叶舞秋风。

无处倾诉的她只有把这份感情诉诸笔端。她把丈夫比作“鸥鹭”，表明自己对他的不满，本就不是同类，却偏偏结了连理，世间苦情总是阴差阳错。

孤单黄昏中，独坐院中，对着孤灯难解心中愤恨，秋风吹动梧桐叶，好似一把把剪刀，把诗人的心肠全部剪碎。

“宁可抱香枝上老，不随黄叶舞秋风。”应该是我们比较耳熟能详的朱淑真诗句了，就连花都能宁肯老死在枝上也不在秋尘中与黄叶混舞，而诗人却对自己的命运束手无策。

与丈夫渐行渐远的朱淑真，已经几近抑郁。原本明媚的一切都在婚后的日子里渐渐被蒙上灰尘，黯淡无光。曾经的黄蝶、秋月，此刻也充满伤感。

自古官场总少不了投机分子的身影，朱淑真的丈夫也因为所谓的“才高八斗”不断地加官晋爵。可朱淑真与同时代的女子不同，她追求的不是物质生活的富足，她想要的是心灵的共鸣，而这种灵性层面的安慰的确是她的丈夫给不了的。按我们现代人的眼光，有钱有权还愿意娶你的男人都出现了，你还有什么不满意呢？可小朱要的是有趣啊！你的钱权对于寻常女子可能是蜜糖，而你的无趣于我，就是砒霜，有糖没糖至少都能好活，可我的生活却像被下了毒，死路一条。

朱淑真厌倦了这种日子，她最牵挂的就是曾经温暖的朱府，和疼爱自己的父母。“忽得南来信，殷勤慰我心。新诗怜俊逸，清论忆容音。”每逢收到父母寄来的家书，朱淑真都兴奋不已。在外辗转的日子越久，离开这样苦闷的生活的信念就越强。她迫不及待地想要逃离丈夫，想要回家。

朱淑真的丈夫在她这里受到的冷遇太多，开始在外拈花惹草，对朱淑真的指责也越来越多。他不通文墨，不懂朱淑真的蕙质兰心，但他懂得“三纲五常”“三从四德”。他对朱淑真进行思想绑架，不准她每日在书房里吟诗作词，念旧自怜。

朱淑真倍感委屈，却无处诉说。“女子弄文诚可罪，那堪吟月又吟风。磨穿铁砚非吾事，绣折金针却有功？”

大吵一架之后，朱淑真一气之下和丈夫分居了，她从卧室搬了出来，住在了偏室。

菊有黄花篱槛边，怨鸿声重下寒天。偏宜小阁幽窗下，独自烧香独自眠！

黄色的菊花开在栅栏边，阴寒的天空中飞过哀怨的飞鸟。偏僻的小阁中，只有我孤独地烧香礼佛，一人和衣而眠。此时的朱淑真就好像栅栏边孤苦无望的黄菊，在寒风中挣扎，就像是天空中声声鸣叫的哀鸿，在九重天下飞得形单影只。

当丈夫再一次升迁异地时，朱淑真便找借口不愿同行。她的丈夫也不愿再看她愁眉苦脸的样子，于是，朱淑真便回到了杭州的家中。

她的父母虽然也心疼自己在夫家受委屈的女儿，但是迫于社会压力，对于朱淑真任性的分居也是颇有微词，劝她尽早回到丈夫身边，不要再胡闹。

父母的不理解，家庭生活的不幸，使得朱淑真倍感孤独。每每独自一人的时候总是不自觉地回想起和初恋情人的点点滴滴，想念那个“白璧无玷缺”的男子。回到杭州后不久，朱淑真再一次与他相遇了，他对朱淑真也恰是念念不忘。

日子好像一下子回到十八岁，朱淑真开始收起往日懒洋洋的面孔，认真对待镜子里那张往日憔悴的面庞，想要给情人最美好的自己。

终于见到情人那一刻，心底的委屈全然消散，时间仿佛都停止了，相望的泪眼蒙太奇般定格成一帧唯美的画面。虽然已经过去了七年，朱淑真也已不再是当年那个小姑娘，可是见到心上人时的雀跃之情，简直足以让那颗曾经的少女心瞬间化作桃花源里的蝴蝶。

这对有情人执手相看，诉说彼此的思念，在西湖边上留下你侬我侬的身影。直到月上柳梢头，湖畔寒凉，他们仍是不愿分离。冬天的杭州，零星的雪尘落下，好似时空回转，这七年生离的苦楚已一瞬释然，爱人的手此时此刻就在自己的掌心里，日思夜想的脸庞就在自己眼前，朱淑真的心在南方的寒冬里开出了整个夏天。

这一年的元宵佳节，朱淑真和情人一起相约去看灯，要说这柔弱女子也真是敢爱敢恨，无惧世俗，古时候的元宵节可是火树银花不夜天，恨不得全城的人都跑到同一个地方去赏灯猜谜，她就在摩肩接踵的人群中拉起刘郎的手，在热闹的灯会里穿梭，除了笑容没有别的表情，她甚至感觉寒风吹进肚里都会发出幸福的回响，空气中红烛的味道变得分外的好闻，不再是满桌苦闷的烛泪。时光缱绻，月色朦胧，这一晌新欢旧梦，能否跨越山高水长，久留人间。她真的想要和他年年月月、朝朝暮暮，无时无刻不断守在一起。相见太难，生离太苦，多害怕，再一别，又是天各一方。

朱家在当时也算是名门大家，女儿一直被当作名门闺秀养着，出现这种婚内的丑闻，朱淑真的父亲十分生气，他呵斥朱淑真的不贞行为，严格地限制她的出入，不准她再单独和任何人见面。

已经情动成迷的朱淑真，一下子成了笼中的鸟儿，痛苦不堪。刘郎也承受不住这样的流言指责，默默与朱淑真告别了。此时的临安城已不似昨天，朱淑真刚刚升起火焰的心内结满寒冰。万般无奈之下，她只好皈依佛门，寻求庇佑和解脱。她渴望这世人能够遗忘她这样一个弱女子，成全她想要追求自己幸福的心情。

尼姑庵里一片死寂，矮小的院墙，颓坏的亭子，香雾缭绕的大殿，一切景象都是那么的阴森。在无休止的经文诵念中，朱淑真并没有获得灵魂的解脱，如此疯狂地爱过一个人，要如何才能跳脱这滚滚红尘？

一天夜里，电闪雷鸣，树影飘摇，暗黄的灯光舔舐着朱淑真书房的墙壁，四下只有风雨声，她再也忍受不了过这样行尸走肉、没有灵魂的日子。她拿出自己的已经落满灰尘的梳妆盒，一点一点地上了爱人最爱的妆容，慢慢推开了禅房的木门。

伴着风雨和残花，她一步步地走进了冰冷的溪水里……

朱淑真死后，其父感觉她有辱门楣，把她和她的所有诗词集付之一炬，不想再看见女儿的任何痕迹。

直到南宋淳熙九年，也就是公元1182年的时候，有一个名叫魏仲恭的文人，通过“旅邸中好事者”之口，一首一首地收集朱淑真的作品，竟收集了三百四十余首之多，这就是我们今天看到的朱淑真文集——《断肠集》。

一生所爱，求之若渴，一生所爱，渴之不得。
一生所爱，为卿断肠，一生所爱，白云之外。

卷二十

几回绮梦终是空·绮怀

绮怀

清·黄景仁

几回花下坐吹箫，银汉红墙入望遥。
似此星辰非昨夜，为谁风露立中宵。
缠绵思尽抽残茧，宛转心伤剥后蕉。
三五年时三五月，可怜杯酒不曾消。

【一九五】

绮，原意为有花纹的丝织品，后引申为美丽的意思。绮怀，则意为美丽的情怀，让人心生遐往。

一个“绮”字，婀娜多姿，媚态尽显，不禁让人想起星爷的《赌圣》里那个美丽的女人——绮梦，烈焰红唇，长发含风，肤白纤秀，艳而不俗，令人为之倾倒。然而，似乎美人总是难逃命运的无奈，哪怕只是电影，只是故事，绮梦最后也只是在爱人的心上留下空梦一场，绮怀又何尝不是呢？这份情怀美好并不如初，心尖上盼望的人，总是与自己遥遥相隔。

《绮怀》的作者是清代“毗陵七子”之一的黄景仁，他是北宋著名诗人黄庭坚的后裔，出身书香门第，家学深厚。然而，苦难却成为他短暂人生的关键词。

黄景仁四岁丧父，十二岁丧祖父，十六岁唯一的哥哥也罹病身亡。年幼孤苦的黄景仁只有母亲屠氏，母子二人相依为命。然而，困苦的生活并没有将他过人的才华掩盖。他八岁就能制举文，十六岁应童子试，在三千人中名列第一，“前常州府知府潘君恂、武进县知县王君祖肃，尤其赏之”。年少锋芒毕露，而后却屡应乡试皆不中，仕途黯淡，黄景仁刚过而立之年不久，便客死他乡。

黄景仁诗学李白，风格浪漫，曾有人说他的诗歌“乾隆六十年间，论诗者推为第一”。正如黄景仁在《杂感》中所说：“十有九人堪白眼，百无一用是书生。”怀才不遇的苦闷无奈是他一生的写照，也是他诗歌抒发最多的情怀。感伤低沉是他诗歌最大的特点，读来令人心生动容。《绮怀》便是诗人最动人的作品之一。

黄景仁年轻时曾与自己的表妹两情相悦，有过“同居长干里，两小无嫌猜”的青梅光景，奈何造化弄人，其结局无非“泪满春衫袖”，留下残存的情怀聊以祭奠。夜月当空时，每每忆起，只剩下“一春绮梦花相似，二月浓情水样流”，心底的深情便在这首《绮怀》中生根发芽，延绵不绝。

月凉如水的夜晚，最是人心情动时，诗人眼前浮现因箫声结缘的表妹，彼时佳人相伴，执手而望，听箫叹雪，玉露金风，而此刻身边空无一人，四下凄然，苍天收回它的恩赐，是如此地匆匆。

几回花下坐吹箫，银汉红墙入望遥。

黄口年纪青梅相掷，竹马绕床，而后同入芳华，春风正好。月光皎皎倾泻在静谧的小院中央，少男少女相约桃花树下，一起抚琴听箫，知音相向，月不醉人人自醉。桃花灼灼伴着月光，微小的心事在不大的院子里荡漾开来。

烟花易冷梦易醒，人生若只如初见，何来世间声声怨？伊人箫声犹在耳畔，那夜红墙亦在眼前，而对诗人来说，此刻佳人却像是天上的银河一般遥遥不可及。桃花、红墙、月光，物皆是，人已非。

似此星辰非昨夜，为谁风露立中宵。

今夜的星辰与昨夜并无分别，昨夜星辰又断不与今日相同。昨夜星空之下，伊人裙裾轻盈，红绫浅笑，粉面秋波犹在；今夜星辰稀疏，我一身青衣布衫，孤影独立，落花不见。一样的月光，却是不一样的故事，心情有着天渊之别。夜深了，清醒时的心凉，让人绝望。露水打湿青布衫，旧时光如同一颗拔掉的牙，总以为它还在，而个中空荡只有舌尖知道。

只道落花人独立，莫怜微雨燕双飞，诗人久久望月，思念的尽头明明是一片荒芜，可是心尖绮梦仍不愿幻灭。是为谁在寒夜的露水里沉沦？我只是想再听一曲清箫，再看一番红墙，再闻一段花香，再望一生过往。

缠绵思尽抽残茧，宛转心伤剥后蕉。

“缠绵思尽”，绕指柔情，自伤半生。剪不断，理还乱，情丝在诗人的心房百转千回不知其所。思念像是有了灵性，容不得半分懈怠，随你的深情飘摇轻舞。重重思念的裹挟间，诗人化作一只“情丝方尽”的春蚕，躲在自己的茧中，不愿醒来。

现实残酷，似九月的芭蕉夜雨，突如其来，心底忽地下起大雨，悲伤倾盆。

三五年时三五月，可怜杯酒不曾消。

不知道过了多少年，分分秒秒，难觅好眠。总会想起那张带笑的脸、动人的眼，箫声挽着月光，满地雪花白。时光里的脸庞渐渐模糊，但是“几回花下坐吹箫”的往昔却难以抹去，箫声笑语在心底研了一盏幽深的墨，提笔成诗，字字是你。此时情书却只被孤影反复诵读，酒湿了影子，再也没能幻化出你的样子。箫声和笑语在心底被研磨、发酵，被酿成杂陈的酒，苦也有、甜也有，涩也有、淳也有，萦绕心头，醉百千回。

法国诗人缪塞说：“最美丽的诗歌也是最绝望的诗歌，有些不朽的篇章是纯粹的眼泪。”黄景仁心底的眼泪洒进诗里，一生痴绝，令人动容。

经年流转，世事变迁，磐石蒲草的爱依旧被怀恋，风也散不去诺言，这份深情迂回辗转“宛转心伤剥后蕉”。

绮怀的美感有种苦涩在里面，这是失却爱情无处寻觅的哀绝，是失去爱人无可着落的彷徨，是回忆空留又无处安放的痴情。黄景仁的爱纯粹炽热，这一帖深情的故事，似乎充满被枉顾的遗憾。有些怀念终会泯灭，有些爱念终会消失。绮怀的美丽，关乎失去，藏匿于人心对于“爱不得”的纠缠。

情路漫漫，愿你我曾经绮丽的情怀都不必以悲叹收场，若是心碎，也给自己留一丝前行的力气。

卷二十一

曾经沧海寄旧情·离思

离思

唐·元稹

曾经沧海难为水，
除却巫山不是云。
取次花丛懒回顾，
半缘修道半缘君。

元稹是唐代著名的诗人，字微之，今河南洛阳人。他出身贵族，是北魏昭成帝拓跋什翼犍十世孙。但他八岁丧父，幼时家道就已衰落，童年比较贫苦。幸有母亲郑氏贤能善文，家学严格。元稹是个十分聪明的人，年少成名，一日看尽长安花，二十五岁便与唐朝的另一位重要诗人白居易同科及第。

元稹和白居易一起倡导我国文学史上著名的“新乐府”运动，与白居易并称“元白”。除了这赫赫的诗名，元稹还因自己的风流，在历史上饱受争议。他最有名的诗篇都不是源于“新乐府运动”的《乐府古题》，而是他的爱情悼亡诗。

《离思》就是诗人为了纪念已经去世的妻子韦丛所作的悼亡诗。

曾经沧海难为水，除却巫山不是云。

见识过沧海的人，便难于为河湖溪流所动；见识过巫山之云后，世间所有云就都不能算是云彩了。暗指除了诗人心爱的妻子，其他的女子都难以让他动情。短短十四个字，情感却异常强烈决绝。我不禁想起当代诗人俞心樵诗“不是你亲手点燃的，那就不能叫作火焰。不是你亲手摸过的，那就不能叫作宝石”。虽然现代白话不像古诗文一样的句工词丽，但感情中的呐喊发声是相通的，爱上一个人就爱上她碰触过的一切，所有人都告诉你天涯芳草四野悠悠，而你只心心念念一个人，一双手，一段不可替代的温柔。

很多人可能不知道，这传世佳句是诗人从《孟子》的“观于海者难为水，游于圣人之门者难为言”中演化而来。《孟子》的原意是用“观于海者”比喻“游于圣人之门者”，以“难为水”类比“难为言”。元稹借用此精微比喻，把自已和妻子深厚的感情比作“沧海之水”和“巫山之云”，传说中的沧海桑田不仅寓意海水深广，更有时光变迁之意。

巫山有以云蒸霞蔚出名的朝云峰，宋玉曾在《高唐赋序》中曰：“巫山之云为神女所化，上属于天，下入于渊，茂如松榯，美若娇姬。”诗人用这两个暗喻来比拟娇妻的美好和感情的深刻，贴切生动，一往情深。

后人多借用这两句诗来表明自己对逝去爱情的珍念，以及对今生挚爱无法割舍的怀念。

取次花丛懒回顾，半缘修道半缘君。

我在花丛中徘徊良久，却懒得回头再去看一看任何一枝，一半是因为我已经开始潜心修道，凡心不动，一半是因为曾经拥有你，任何人都再难走进我心。

这两句表明，诗人在失去爱妻之后，对于身边的花丛已是毫无眷念之心。

元稹平时是礼佛遵道的，白居易曾在《和答诗十首》中称赞元稹道："身委《逍遥篇》，心付《头陀经》。"也可以指诗人平时醉心学问，专于身心修养。

然而，从诗歌中我们可以体会出痛失爱人对于诗人的打击，诗人无法排解只有借助修道来寄托自己情感上的伤痕。

诗人在绝句有限的字词间传达出了无限的深意，用笔极妙，言情不庸俗，开创了唐诗悼亡的新境界。从沧海巫云到花丛回首，诗句张弛有节，变化自如，曲折深婉的抒情开创了全诗动人的情调。

元稹的妻子韦丛是当时的太子太保韦夏卿的女儿。自小家教优良，是一位上得厅堂下得厨房的好妻子。

韦丛出身豪门，元稹自幼丧父，家境贫寒，他和韦丛的结合，是韦父一手操办的。韦父是一个"有风韵，善谈宴，与人同处，终年而喜愠不形于色"（《旧唐书》）而且颇有文采的人，他看中了元稹过人的才华，愿意将女儿的终身托付给这个清贫的年轻人。

嫁给元稹时，韦丛只有二十岁。元稹当时忙着参加明经、参加科举，无法赚钱补贴家用，韦丛却毫无怨言，自愿跟着元稹过起"贫贱夫妻"的生活。在她去世后，元稹曾写下《遣悲怀》三首，纪念和爱妻韦丛当时的生活情景。第一首：

谢公最小偏怜女，自嫁黔娄百事乖。
顾我无衣搜荩箧，泥他沽酒拔金钗。
野蔬充膳甘长藿，落叶添薪仰古槐。
今日俸钱过十万，与君营奠复营斋。

这首诗紧扣“百事乖”的主题，刻画了诗人生活中的几个困窘的细节。因为我穷得没有钱买衣服，她在自己的嫁妆中翻拣，为我买衣服穿；为了满足我爱喝酒的小癖好，大方地从头上拔下金钗；家里没钱买菜了，韦丛就去挖野菜，还吃得津津有味；没有柴火了，我也拉不下脸来去砍柴，韦丛就去古槐树下扫一些落叶来烧；如今我早已过上了年俸超过十万钱的富足日子，可是你却不在了，我只能每年多花点钱，给你办一桌斋饭而已。

元稹的这些悼亡诗都是借着生活中的一些小细节来塑造妻子的形象，具有高度的概括性，写尽了人间“贫贱夫妻”的苦难和夫妻相互扶持之情的珍贵。

同样是怀念妻子，他没有像苏轼的《江城子·十年生死两茫茫》那样通过幻境，营造悲凉感人的氛围，而只是生活中最质朴的细节描写，表达出了诗人对妻子的怀念和愧疚。

韦丛和元稹一同生活了七年，但这七年的生活和韦丛的身影却时常出现在元稹的诗篇中，感人至深。在元稹的职业生涯中，他写了许多感人肺腑的悼亡诗，但他又是如何打响“滥情”的名声呢？这还要从他在遇见韦丛之前的一段情事说起。

这段往事也曾被元稹记录下来，他把这段故事写成了《会真记》，开启了唐传奇写作的新篇章。

那时候元稹仅仅二十一岁，在浦州任职，河中府的驻军发生叛变，浦州大乱。元稹旅居在此地的一门远房亲戚和元稹取得了联系，请元稹找人保护他们一家不受战乱所扰。因此，他遇见了自己十七岁的表妹双文。这个女孩也就是《会真记》里面“莺莺”的原型。

十七岁的“莺莺”，婀娜的身段，明媚的脸庞，正是醉人的时光。元稹曾在《赠双文》中这样描绘双文的美丽：“艳极翻含态，怜多转自娇。有时还自笑，闲坐更无聊。晓月行看堕，春酥见欲消。何因肯垂首，不敢望回腰。”情窦初开的诗人被双文“垂鬟接黛，双脸断红，颜色艳异，光辉动人”迷得神魂颠倒，双文也被元稹的才华所吸引，二人坠入情网，私定终身。

不久，元稹要赴京赶考，不得不和表妹双文分开，他和双文约定榜上有名时，共结连理日。元稹入京之后，好运连连，凭借着自己的才华，很快就当上了校书郎。可是京城灯红酒绿的生活迷醉了他的眼睛，渐渐地，他不再想起那春宵桃面伊人，彻底忘了苦苦等他来共结连理的双文表妹。

更为恶劣的是，他竟然在《会真记》中说："大凡天之所命尤物也，不妖其身，必妖于人"，指斥双文是妖孽，为自己抛弃双文，攀附豪门做辩解。

这都是他和韦丛在一起之前的故事了。常听人说不要相信耳听爱情，随意承诺便随意忘掉，双文表妹便成了这一出爱情悲剧的女主角。

讽刺的是，抛去这段婚前的始乱终弃不说，韦丛去世不久，也就是元稹三十一岁那年，又有一位绝色佳人走进了他的生活，这个人就是唐朝著名的女诗人薛涛。

元和四年，元稹奉命到四川彻查"窝案"，涉及剑南东川节度使严砺等一众人等。这起违法乱纪的案件主要发生在梓州，就是那个杜甫笔下"无数涪陵筏，鸣桡总发时""夜深露气轻，江月满江城"的充满神秘色彩的川北重镇。

当时这位剑南东川节度使严砺已经因病去世，只留下一帮宵小之众，他们对于元稹的到来甚为害怕，于是密谋想要通过薛涛使下"美人计"来贿赂元稹，希望这位才貌双全的佳人，可以说服元稹高抬贵手放他们一马。

元稹和薛涛的第一次相遇是在当地人为他举办的豪门酒宴上。才华横溢、美目盼兮的薛涛迅速地俘获了元稹的心。

他被薛涛的魅力深深吸引，毫不掩饰自己对薛涛的喜爱，甚至为了赢得美人芳心，放下身段，展开了热烈的追求。他曾写下这样的诗句“锦江滑腻蛾眉秀，幻出文君与薛涛；言语巧似鹦鹉舌，文章分得凤凰毛”（《寄赠薛涛》）。

薛涛当时已经四十多岁，早年丧父的她早早地就遍尝生活的艰辛，虽然曾为官妓，但是她一直卖艺不卖身，和所有的女子一样，期望能遇见自己心爱的人，拥有最普通的幸福。

面对元稹的追求，自觉也是见过才子无数的薛涛动了心。

也许是被他的才华打动，也许是被他真诚的眼神迷惑，也许是等了太久已无力再分辨真心假意，薛涛沦陷在元稹的蜜语甜言里。

“双栖绿池上，朝暮共飞还。更忙将趋日，同心莲叶间”（薛涛《池上双鸟》）。每日迎来送往，习惯了巧笑虚情的薛涛，对待这份迟来爱情付尽真情。

薛涛亲手制作了“薛涛笺”，专门用作自己和元稹的通信和诗。这种粉红色的特殊纸张，做工十分繁复。首先要把胭脂木（最好是乐山特产的极品胭脂木）捣碎，和纸浆放在一起搅拌，然后在泛红的浆水里加入适量的云母粉，再耐心地慢慢搅匀，然后从玉津井里汲取新鲜的清水浸泡，最后把纸浆摊在精心制作的模板上面塑形。这种纸张表面呈现精美的不规则的松花纹，淡雅别致。这段往事一度被传为佳话，宋代景焕就曾在《牧竖闲谈》中这样描述这件事，“洎稹登翰林，涛归浣花，造小幅松花笺百余幅题诗献稹”。

薛涛还曾为元稹亲自设计了一道清雅别致、风味与寓意俱佳的家常菜，那就是开水白菜。这道菜表面上看上去十分简单，只有一盆清水上面堆着几叶白菜，在满桌的山珍海味面前十分地不起眼，显得格外地寡淡无味。

然而，但凡你尝了一口，一定会对它的味道赞不绝口。这道菜的制作过程之复杂绝不亚于“薛涛笺”。首先这盆清汤的熬煮就非常复杂，需要用多种食材经过煮、扫、吊等多道工序，小火慢做地完成。

由此可见，薛涛对元才子的用情之深。薛涛比元稹整整大了十一岁，为了这份来之不易的感情，薛涛付出了自己的整个身心，他们在成都也有了长达一年的欢乐时光。

但元稹身为朝廷命官，事情圆满解决后，必须离开成都，回京复命。临走前，元稹信誓旦旦地告诉薛涛一定会明媒正娶地把她接进京城。

自他走后，薛涛终日泪水涟涟，朝思暮想地盼望着心上人早日归来。

“花开不同赏，花落不同悲；欲问相思处，花开花落时”（薛涛《锦江春望》）。花开花落，一年又一年过去，薛涛等来的只有伤心和失望，并没有元稹骑着白马的身影。

离开成都之后，元稹来到扬州，立刻就被当时和薛涛齐名却比薛涛年轻的刘采春勾走了魂魄，拜倒在她的石榴裙下。不久之后，还纳了个娇俏可人的姑娘安氏做妾，彻底把薛涛遗忘在遥远西南，真个是乐不思蜀。

后来元稹被贬官到通州，即现在的四川达州，距离成都不远的一座城市。但是元稹并没有再踏入成都一步，也没有再见对他痴心不改的薛涛，而是迎娶了重庆的裴淑，一位美艳的大家闺秀。

晚年的薛涛则穿上道袍，抛却这一切的红尘往事，在自己筑的小小“吟诗楼”里，平静度日。

虽然在很多诗歌中，元稹再三表达了对自己妻子至死不渝的爱念，但他的红尘往事也是处处风流的证明。或许风流花月之间，元稹心底最珍爱的还是那个曾陪伴他七年的结发妻子。

有时候我会想，爱情也许只是当时的一种情绪，这情绪会让人路过一个人的心便以为自己永远不会离去。说爱的时候我们都是那么的真诚，眼里闪烁着地老天荒的光芒，而谁能逃得掉时间这个魔，时空回转，巫山云复来，沧海岂存长。

要记得爱情是个迷梦，也要相信有些梦啊，真的美到可以一生一世不醒。愿你寻遍弱水三千，觅得一瓢清冽甘泉，一饮终老。

卷二十二

留得枯荷听雨声·春雨

春雨

唐·李商隐

怅卧新春白袷衣，白门寥落意多违。
红楼隔雨相望冷，珠箔飘灯独自归。
远路应悲春晼晚，残宵犹得梦依稀。
玉珰缄札何由达，万里云罗一雁飞。

常听人说“题好文半”，意思就是说，写文章的时候要有一个好的题目，整篇文章会因此而大添异彩，然而晚唐著名诗人李商隐最出名的诗恰恰是他的“无题诗”。

李商隐（约813—858），字义山，号玉谿生。唐朝著名的大诗人白居易，晚年的时候特别喜欢看义山诗，曾开玩笑似的对李商隐说：“今生今世，愿我死之后，转世投胎做你的儿子，看来我是比不上你了。”由此可见“香山居士”对“玉谿生”诗的肯定和痴迷。

这首《春雨》是“玉谿生”的一首情诗。诗歌开头即点明现在的时间和地点，写出诗人重游旧地内心的悲怆。

帐卧新春白袷衣，白门寥落意多违。

新春时节，空气中隐约地还能闻见爆竹的硫硝味道，有些阴冷。穿起白色的衬衣，孤单惆怅地躺在床上。此时白门内外一片寂寥，已无半点儿往日喧闹，这寂寞闻所未闻，是心内一番隐隐作痛的折磨。

红楼隔雨相望冷，珠箔飘灯独自归。

淅淅沥沥、幽幽咽咽，楼外是停不住的雨，一片清冷。雨似珠帘，灯影哑暗，形单影只的我，踏雨而归。

远路应悲春晼晚，残宵犹得梦依稀。

虽然你已经踏上远去的路，但是按照你敏弱的心性，面对这同样的暮春残景也会生出伤感之情吧。寂寥中的时日总是过得艰难，多少个惊觉的夜里，与你曾相聚于残梦旧景，却任凭怎么努力都看不清你美丽的容颜。

玉珰缄札何由达，万里云罗一雁飞。

手里依旧捧着的我俩定情的耳珰隽永美丽，还有互诉衷肠的书信墨香依稀，却不知道如何能跨越万里之遥，送到你手里。天色阴沉，黄云万里，一只掉队的孤雁飞远。

这首诗虽题为“春雨”，却是借雨景抒发相思之情。从逝去的欢乐时光，衬托出今日的孤单冷寂，红楼梦易醒，相思何由达。

在这首诗里，诗人赋予无迹可寻的爱情以动人的身法，把深情融入绵绵春雨中，诗人的诗画里，“红楼冷”“飘灯远”“云万里”“孤雁飞”，这些情境像是老电影里一帧一帧冷色的镜头，明丽与朦胧的交错，远路和近情的矛盾，烘托出离别的空荡之感。令人难忘的情景、氛围、色调与广阔阴沉的云天一起，构成了一幅充满张力的多维叙事空间图。虚实朦胧间，此情未断，绵延千里。

李商隐出身寒门，年幼时随父亲在浙江漂泊。李父是一位郁郁不得志的幕僚，辗转多府仍无法给妻儿安定的生活，终因精力不济，在李商隐十岁那年撒手人寰。这样惨淡漂泊的童年造就了李商隐敏感隐幽的心灵。

李商隐“五岁诵经，七岁弄笔”，饱读诗书，涉猎广泛。十六岁便以《才论》及《圣论》两篇得意之作，在稠人论众中崭露头角了。随后拜入令狐楚门下，更是以瑰丽的诗情，天马行空的想象，涉猎广泛的知识储备，使当时人称“诗魔”的白居易对其青睐有加。

“自蒙半夜传衣后，不羡王祥得佩刀。”对于令狐楚和白居易的精心栽培，年少的李商隐甚是感激，而此时的他，并没能预料到朋党之争的凶险和日后生活的艰辛。

二十多岁时由于连续几次科考失败，李商隐一度失去了锐气，变得郁郁寡欢。“欲问孤鸿向何处，不知身世自悠悠。”他开始对前途迷惘起来。

这时候，母亲和他一起迁居到了济源。在这里，他遇到了生命中的第一缕阳光。

那是个美丽的女子——柳枝。

“生十七年，涂妆绾髻，未尝竟，已复起去，吹叶嚼蕊，调丝撅管，作海天风涛之曲，幽忆怨断之音。”柳枝姑娘明眸善睐，唇红齿白，纤腰似柳，还善于吹箫奏笛，对诗歌也是颇有见解，二人一见钟情。才子与佳人，总是会被老天赏赐一场相遇，与柳枝的邂逅，织就了他如诗如画的初恋情怀。

甜蜜的初恋可遇不可求，李商隐深深沉醉在从未有过的幸福感里，可是造化弄人，柳枝被一位镇守关东的大将军娶走了。

有缘无分的爱情让李商隐忧伤不已，他写下《柳枝诗》五首一释深情。他在诗中叹道：“画屏绣步障，物物自成双。如何湖上望，只是见鸳鸯。”举目四望，所见世间之物皆成双，望见平湖之上相伴的鸳鸯再想到自己的处境都会伤心。又道：“同时不同类，那复更相思。”现代人说在错的时间遇见对的人，大概也有着如出一辙的悲哀。

走过初恋，李商隐仍在求取功名的路上彳亍前行。开成二年，经令狐楚的儿子令狐绹的举荐，李商隐终于考中了进士。同一年，李商隐的上司王茂元十分欣赏李商隐的为人和才华，便把自己的女儿嫁给了他。

王氏是一位十分贤惠的女子，她对李商隐体贴备至。自小就因为父亲早逝备尝生活的艰辛的李商隐在妻子这里感受到了从未有过的家庭温暖。

照梁初有情，出水旧知名。裙衩芙蓉小，钗茸翡翠轻。锦长书郑重，

眉细恨分明。莫近弹棋局，中心最不平。

他想起二人初初有情时，李商隐还在为考试犯愁。妻子写下很多慰藉人心的书信，寄给远在长安备考的李商隐，哪怕李商隐因为心情阴郁一封都没有回，妻子也没有半句怨言，仍旧一封又一封地寄去鼓励的话语。

他想起妻子嫁给自己的这些日子，生活多有拮据，没有余钱去买新衣服，旧裙衫缝缝补补穿了好久不肯换。妻子还不停地把自己的嫁妆拿出来贴补家用，头上戴的金钗渐渐变成了茸钗，翡翠饰物也越来越小。

他想就这样守在贤妻身边，不管世俗纷扰。可晚唐的政局哪容得有这样清闲的美梦？此刻的李商隐还没有意识到，自他娶了王茂元的女儿之后，他的仕途就已经注定会夭折。

原来，令狐楚和王茂元分属不同的政治阵营，当令狐楚知道李商隐娶了王茂元的女儿时，就十分不快，埋怨李商隐枉顾自己对他的栽培，夹在这对政治冤家中间的李商隐成了无辜的牺牲品。

李商隐在仕途上开始越来越不顺利。他给自己昔日好友令狐绹写诗、写信，一遍又一遍地阐明自己的心意，表现自己的才华，但这些努力都犹如石沉大海，再也没有消息。他开始渐渐明白朋党之争的分野所在，明白了仕途的渺茫。

他多么渴望往日称兄道弟的同窗好友令狐公子能给自己一个机会，能为自己引荐，可是身边不乏人才的令狐公子才不会理会一个站错队的“背恩小人”。

一次次的失败让李商隐心灰意懒，大唐的朋党之争，是李商隐一生的阴霾。夹在党争之中的李商隐，像是一只无用的皮球，被踢来搡去，没有一派愿意再起用他。命运的捉弄，消磨尽了他所有的激情和才华。李商隐在仕途上的不顺，却成就了他诗歌的敏感多思，在北宋甚至被封为“始祖”。

李商隐的一生，一直生活在深深的孤寂感里。当星沉海底、当雨过河源、当巴山夜雨涨秋池，世间所有的季节和景致，好像在他的眼里都已经清冷灰暗，他想追求的东西，名利也好，爱人也罢，从来都没有属于过自己，好像一首诗的题目就已经注定了结局，缄默沉郁的《无题》大概已经在一开始酿就了无言的结局。

李商隐的一生好似一场瑰丽的梦，辞藻华丽，缠绵悱恻，故事讲到最后，却是一梦一虚空。纵使碧海青天夜夜心，也只有寂寞冷清和千年的冷月寒光。只留下耀目星辰的身后名，在晚唐的天空熠熠生辉。

卷二十三

无可奈何花落去·更漏子

更漏子

南唐·李煜

金雀钗，红粉面，花里暂时相见。知我意，感君怜，此情须问天。

香作穗，蜡成泪，还似两人心意。珊枕腻，锦衾寒，觉来更漏残。

江南烟雨繁华地，自古才子辈出，上至帝王将相，下至门客闲人，有谁不会填几首词、写几句诗呢？论学问，李煜只是这些才子中普普通通一人，若是没有南唐后主这样的身份，也许他真的是个闲散词人吧。

一盏淡茶暖又寒，几度春秋南山南，天堂地狱之间，只消得赏一出戏的时间，南唐后主在文辞里，失去了整座江山，看来命运是不会让坐江山之人闲适一生的。

自从唐朝灭亡，五代十国间的争斗不断，百姓苦不堪言。南唐升元元年，就在这个季风吹拂的江南水乡，雕栏玉砌的皇家深宫里，一个婴儿在七月七这天呱呱坠地了。

乞巧节出生的这个孩子叫李从嘉，也就是后来的李煜。他从小面貌极美，丰颊明眸，天庭饱满若月，气质温润美好。

因为这副姣好的容貌，李从嘉没少受到太子李弘翼的猜忌，但这个乞巧孩子对政治一点兴趣都没有。他爱好钓鱼，喜欢喝酒，醉心诗词，读书作画更是心头所爱，富贵闲人的身份其实很适合他。

李煜天生多情，好声色，善填词。“一壶酒，一竿身，世上如侬有几人？”这是他最喜欢的状态吧。虽然是男子，可他却有着细腻的情感和敏感的心灵。他喜欢用诗词记录生活，渲染情调和志趣。

然而命运的枷锁却把他桎梏在了他最不情愿靠近的帝王柱上，他的兄弟们在他成长的岁月里相继因故去世，统领江山社稷的重担就这样落在了李璟第六子——李煜的肩上，不管他愿不愿意，合不合适，他都是上天选好的那一位。

南唐建国于937年，亡于976年，历三世，只存在了三十九年。其辖土不大，最盛时也仅有三十五州，但在当时的南方小国里算是最大的国家了。

这个江淮之间的小国，是富庶之地。凭借着优良的自然条件，加上李璟登基后，施行与民休息的政策，奖励生产，发展农垦，使得南唐的农业和工商业逐渐繁荣。《五代史略》中曾这样描绘当时的盛景：“南方诸国君主固无出其右者，中原的‘小康’之主后唐明宗也难望其项背，能胜过他的唯有后周世宗柴荣。”这样一个“比年丰稔，兵食有余”成了五代十国中，支撑得最久的小国。

为了国家的和平发展，李璟要求他的子孙，不准着力发展军事，要注重休养生息，发展经济。若是盛世，这样平静度日未必不好，但在乱世，这样的政策未免太过软弱，限制了国家发展和长远利益。然而李煜父子二人都没有居安思危的想法，李煜又热心花草诗酒，就更是缺乏强国魄力了。

人生最大的无奈，大概就是不能做自己喜欢做的事了吧，从来都不是长袖善舞的李煜，硬生生地被推到了历史的舞台上，难免无所适从，丑态百出。

金雀钗，红粉面，花里暂时相见。知我意，感君怜，此情须问天。

戴上你送给我的金雀钗，描眉画目，轻胭覆雪，铜镜中的自己面如粉桃；花丛下，面对如此精心打扮的我，你却只能匆匆地在花丛间与我相见。

臣妾时时受君爱怜，请一定明白我的心意，我对这份感情至死不渝，苍天可鉴。

香作穗，蜡成泪，还似两人心意。珊枕腻，锦衾寒，觉来更漏残。

香炷燃尽只剩一点冷香灰，烛泪淌到了桌面，我在寒夜里辗转反侧，无法入眠。想情郎应是和我心心相印，他一定明了此刻我心中所念。

越思苦越甚，珊瑚枕贴着流泪的脸，腻滑得让人睡不着。锦缎的被子太薄了，裹得再紧也夜不成寐。与君一别，更觉孤冷凄清，不知不觉间更漏将尽，天都要亮了。

此词语言细腻，以少女的口吻抒怀，虽未正面描写男主人公，但从少女心中似乎能窥见一个风度翩翩的美男子，一个令人思念备至的君子形象呼之欲出。

有人分析说这首诗是描写南唐灭国后，小周后只能偷偷与李煜见面的情景。

对李煜思念深重的小周后为了能见郎君一面可谓费尽周折。相约的时刻精心打扮，戴上金雀钗，点好胭脂，遮遮掩掩地躲到花丛中等着见李煜。不能相见的每一个夜晚都是煎熬，珊枕滑腻，寝被单薄，思念太重，压抑了睡眠。小周后与李后主之间甜蜜深厚的感情跃然纸上。

那么李后主是如何一步步走向深渊的呢？

这还要从他登基后说起。李煜本就只是一个文弱书生，他父亲李璟在立储问题上一直摇摆不定。李煜做皇帝实在是一个无可奈何的选择，缺乏政治经验和训练的他，对国家大事的判断和处理能力都十分孱弱。

李璟是一个虔诚的佛教徒，他喜好佛经，对待礼佛之人更是十分尊敬。他在位期间，不仅大肆修建佛寺禅院，而且还供养着多达上万人的各国僧人。在这种气氛的熏陶下，李煜也对僧人特别宽容，若是僧人犯法，只要在佛前跪拜一百下就可以免罚。他的不理性和孩子气给官兵士气带来了严重的负面影响。赵匡胤的大军兵临城下之际，李煜不但自己念佛求菩萨保佑，还让将士们大声诵念“救苦菩萨”，并且给佛祖写亲笔信，许诺若能退敌，以后必将更加虔诚地大修寺庙，为佛祖塑几百金身。

这些滑稽的行为放在普通人身上都显得可笑，一国之君这么做，后果就更严重了。

但是李煜也有李煜的无奈，此刻的他就像砧板上的鱼肉，面对磨刀霍霍的赵匡胤，他毫无还手之力。

自从二十五岁登上皇位，李煜其实只想安静地做个美男子，稳稳当当地度过这一生。自从南唐经历了柴荣的攻击，割去十四个州之后，颓势越来越明显，国泰民安只能是个美好的愿望。之后赵匡胤执掌的后周更是法制严明，军事实力越发强大，相比之下，南唐简直就是一个烂摊子。面对日渐衰落的国力和满目疮痍的疆土，唐后主依然诗酒不离口，佛经不离手。李煜的懦弱无能，赵匡胤早就看在眼里，拿下南唐只是时间问题。

皇帝不务正业，南唐的朝臣们也没闲着，醉心权术，造成了极大内耗。李煜即位时，朝中也有不少治国之才，最有名的大臣要数韩熙载。这是一位参政南唐三朝的老人，但因为韩熙载是北方人，所以一直得不到重用。而且李煜对北方人疑心很重，初登皇位就赐死了很多北方臣子，大失人心。

韩熙载为了逃避李后主的猜疑，每天在家中纵情歌舞酒宴。李后主派画家顾闳中潜入韩熙载家中，把他的所见所闻画出来，这幅画就是著名的《韩熙载夜宴图》，可惜韩熙载吃得肚大腰圆，跳得满头大汗，还是没能逃脱被猜忌与怀疑的命运。流芳百世的作品背后其实满是这样一番恶意揣度，想来也是有趣又无奈。

当然作为一国之主，李煜也会打起精神，强迫自己出手拯救江山社稷。南方水多，他就建立龙翔军，操练水战。遇到有贵戚恃权凌弱，他也毫不手软，赏罚分明。这些偶尔干净利落的执政手段也曾为南唐带来所谓的一线生机。

然而，朽木已凋，国家的颓势不可能因为些许的变动就扭转。李煜甚至幼稚地认为只要自己按时纳贡，赵匡胤就会放过南唐，他终为自己的目光短浅付出了亡国的代价。

975 年，即开宝八年，南唐都城金陵被赵匡胤攻破。李煜随着一众大臣袒肉出降。

亡国后，李煜被带到了开封，宋太宗即位之后，封他为陇西郡公。自此，李煜开始了他的囚徒生涯。

此时，他的第一任皇后大周后娥皇已经去世了，陪在他身边的是他第二任皇后，也是前皇后的亲妹妹——小周后。

李煜和大周后的感情极好。娥皇是一个多才多艺的美人儿，善弹琵琶，聪慧过人。她还精通服装设计，喜欢自己设计衣服。

李煜对娥皇情有独钟，在李煜前期的诗作中，经常可以看见这种欢快生活的痕迹，《一斛珠》中写道：“晓妆初过，沈檀轻注些儿个，向人微露丁香颗。一曲清歌，暂引樱桃破。罗袖裛残殷色可，杯深旋被香醪涴。绣床斜凭娇无那，烂嚼红茸，笑向檀郎唾。”

清晨起床后，娥皇化好妆，醒一醒歌喉，唱一曲郎君最爱的小调儿。她和李煜一起吃着樱桃，调皮地把桃核向檀郎的脸上吐去。“檀郎”是他们夫妻间的昵称。

这样夫妇二人间调笑的小情景，都被李煜写进了他的作品。娥皇是李煜的红颜知己，李煜作一首《念家山》，娥皇便弹奏琵琶，作一曲《邀醉舞》，二人琴瑟和鸣，日子欢快无比。

只是娥皇命薄，在李后主在位的最后几年身患顽疾，纵使李煜每天亲自为她尝药喂食，衣不解带地陪在娥皇的身边，这份深情也没能感动上天，娥皇还是没能陪着李煜走到最后。

娥皇死后，李煜把她的妹妹扶正，这就是小周后了。小周后一直陪伴着李煜被囚禁在开封，二人过着“旦夕以泪洗面”的生活。

史书上记载的小周后生得十分娇俏，盈腰纤足，媚态可掬。传闻宋太祖倾慕小周后美貌，在他们被囚开封后，曾多次单独在宫里召见小周后。

春风又绿江南岸，巫山依旧云雾间。李煜已经历了从巅峰到谷底的距离，再度狠狠地跌进了深渊里。

在幽囚的时光里，陪伴他的只有无尽的耻辱和哀思。李煜将自己放纵在词的世界里，试图找到活下去的寄托。此后，李煜的诗作有了巨大的变化，正如王国维所说："变伶工之词为士大夫之词，开一代风气之先。"

李后主的词可以分为被囚前后两个时期：前期多为描写男女情爱，反映宫廷生活的花间词，题材较窄，格局较小。毕竟他"生于深宫之中，长于妇人之手"，骨子里是一个不折不扣的花花公子，而且身边还有蕙质兰心的娥皇陪伴，每天的生活都闲适满足。所以从前期的词作中，我们能感受到许多美好的情感。

后期的作品则充满了山河破碎的凄凉，潦倒伤悲的形象多次在诗中出现。亡国后的李后主，只剩一斛浊酒，几行清泪，昨日金陵城中的一切都恍若隔世。此时的词作含义深沉，是"剪不断，理还乱，是离愁，别是一番滋味在心头"的忧愁；是"林花谢了春红，太匆匆，无奈朝来寒雨晚来风"的无奈；是"江南江北旧家乡，三十年来梦一场"的悲哀。

至此，李后主渐渐摆脱了"花间词"的浮艳，他不再拘泥于狭隘的格局，用词明快，用情至深。从此超越了晚唐五代的词作，成为宋词婉约派的开山鼻祖。正是："国家不幸诗家幸，话到沧桑句始工。"

时光荏苒来不及道尽前朝旧事，声声千古绝唱只不过三日绕梁。时间残酷，它冷冷地见证了李后主作为君王的不堪和平庸、怯懦与无奈；时间又很公平，它也证明了李后主作为词人的尊严和伟大。他有杜鹃泣血的真心，也有深邃悠远的真情，他泣尽生命之光留下的诗词，也令后人读之、叹之、惜之。

破阵子

四十年来家国，三千里地山河。
凤阁龙楼连霄汉，玉树琼枝作烟萝。
几曾识干戈？
一旦归为臣虏，沉腰潘鬓消磨。
最是仓皇辞庙日，教坊犹奏离别歌。
垂泪对宫娥。

四十年来家国，三千里地江山。这两句读起来齿间生风，好像真的站在李煜背后悲瞰河山，回头就是生死。凤阁楼台，玉树琼枝现在都已化作云烟，真个是一朝成俘虏，终日奏离歌。

子夜歌

人生愁恨何能免？销魂独我情何限！
故国梦重归，觉来双泪垂。
高楼谁与上？长记秋晴望。
往事已成空，还如一梦中。

人生在世，难免遭遇新仇旧恨心生怨念，下阕中“独我”语气透切，词意更进，这是一种只有在他的位置上才能感受到的悲哀和绝望。梦里的江山美好依旧，醒来泪千行。登高望远的日子如在眼前，秋高气爽的晴日里远眺山河的样子还犹在眼前，回首苍茫，一切已是一场空梦。

浪淘沙

帘外雨潺潺，春意阑珊。
罗衾不耐五更寒。
梦里不知身是客，一晌贪欢。
独自莫凭栏，无限江山，
别时容易见时难。
流水落花春去也，天上人间。

帘外的雨声呜咽，春红渐消，睡意蒙胧，梦里感觉不到自己身在异乡，还以为又回到了江南。形单影只的时候千万不要去凭栏眺望啊，那无限风光看见了只会更摧心肝。千里莺啼，流水落花，春日时光就此消亡，人间不再似天上。此处暗指诗人大势已去，好时光已经消失殆尽。

李煜最有名也是最后一首词《虞美人》(春花秋月何时了)，宋太宗就是听闻“故国不堪回首月明中”的词句，勃然大怒，赐后主毒酒的。

李后主死的那一天是“七夕节”，他正好四十二岁。生七夕，死七夕。这位多情的才子就在有情的日子里终结了自己的生命。

尘归尘，土归土，所有哀愁叹惋都就此随风消散。

“一棹春风一叶舟，一轮茧缕一轻钩。花满渚，酒满瓯，万顷波中得自由。”死对你或许是一种解脱吧，一个可爱的人生错了时代，我在你的词中与风雨飘摇的南唐相逢，听尽一个时代的悲歌，在你沉重的挣扎中触摸灵魂的温度。愿你来生安稳，词在柳枝话如梅，不见君君臣臣、血影刀光，不必“独自莫凭栏”，也不必呜咽呢喃“别时容易见时难。流水落花春去也，天上人间”。

卷二十四

只有相思无尽处·新添声杨柳枝词二首

新添声杨柳枝词二首

唐·温庭筠

其一：

一尺深红蒙曲尘，天生旧物不如新。

合欢桃核终堪恨，里许元来别有人。

其二：

井底点灯深烛伊，共郎长行莫围棋。

玲珑骰子安红豆，入骨相思知不知？

温庭筠，字飞卿，唐朝诗人、词人，是花间词派最重要的作家。温年轻时苦心学文，才华横溢。晚唐考试律赋，八韵一篇，据《北梦琐言》记载，温庭筠“才思艳丽，工于小赋，每入试，押官韵作赋，凡八叉手而八韵成”，时人称为“温八叉”“温八吟”。读过这么多古诗词，在我印象里，文思敏捷，有数步成诗之说的不少，比如曹植七步诗，史青五步诗，寇准和柳公权三步诗，但温庭筠这样八叉而成八韵者，再无二人。温诗词兼工，诗与李商隐齐名，并称“温李”；词与韦庄齐名，并称“温韦”。

其一：

一尺深红蒙曲尘，天生旧物不如新。

当年出嫁所用的一尺红盖头早已落满灰尘，自古以来旧的东西就不如新东西讨喜。

合欢桃核终堪恨，里许元来别有人。

看似好合恩爱的合欢桃核真令人愤恨，因为你心里早有了别人。

首句“一尺深红”，指出嫁时的红盖头，也指女主对婚姻的幸福憧憬。可如今，眼前的红绸却蒙上厚厚的灰尘。触景生情间，明白了原来毕竟旧物不如新。丈夫有了新欢，引起女主幽怨的心思。这二句语言直白，化用古语“衣不如新，人不如故”。

之后诗人继续刻画女主的心理活动，有了“合欢桃核终堪恨，里许元来别有人”两句。后二句抒发了女主的“嗔恨”之意。“合欢桃核”本是夫妻美满恩爱的象征物，传统婚俗在“新人”家中，会摆放枣和桃核等物，预示喜兆。“小乔初嫁了”，女主人公和丈夫新婚燕尔、两情相悦的时候，女孩始终相信桃核预示着百年好合的誓言，如今却恍然大悟，原来那“合欢桃核”里面，早存在着另外一个“人”了。桃核里有两个仁，“人”是“仁”的谐音。诗人用谐音双关的手法写桃核内有“仁”，暗指丈夫心中另有“人”。这句诗极接地气，大俗大雅。诗人含蓄地表达了女主人公对丈夫的执着，一个“恨”字流露出一种难言的幽怨之情。

其二：

井底点灯深烛伊，共郎长行莫围棋。

即将分别之时深深地叮嘱丈夫，这次远行你要按时回来不要违期哦。

玲珑骰子安红豆，入骨相思知不知？

你一直没有回来，这玲珑骰子中的红豆，就像我对你的相思刻入骨头里呀。

首二句“井底点灯深烛伊，共郎长行莫围棋”，烛，“嘱”的谐音；长行，唐代的一种棋盘游戏，暗指男女主人公即将分别远行；围棋，“违期”的同音。诗人连用双关手法，引导读者联想，言此意彼。即字面上是说点灯相照，与情郎共同下棋玩耍，实际上说女主与情郎分别时，深深叮嘱千万不要过时不归。后两句“玲珑骰子安红豆，入骨相思知不知？”唐代贵族的闺阁中有一种玩物，是象牙镂空后镶入红豆，再将两侧用牙封上，制成六面。即所谓“玲珑骰子安红豆”。之后妙用“入骨相思”，一语双关，情思缠绵，万般销魂。诗中，女主和情郎“长行”分别时，一再“深嘱”不要“违期”，之后情郎未归时又“入骨相思”，最后“知不知”结尾，用一种微微的嗔怪，突出了女主焦虑、思念的复杂情绪，极具画面感，乃全诗点睛之笔。

这两首小诗，诗人通过大量使用谐音和双关语，和读者玩了个小游戏，颇有趣味。这种基于诗歌整体构思带来的灵巧，有一种内在的清新之感，设想新奇，别开生面，在许多情诗中脱颖而出，让人眼前一亮。这种双关语的修辞方法，不正像男女之间的那层薄纱吗？诗人引导读者去猜字面下的意思，去体会那种朦胧的感觉，让诗歌展现出一种欢快又含蓄的美感，比通过一两个字眼儿来营造曲折意象的诗词高明多了。好玩儿，有趣儿，像一碟精心烹饪的小菜，令人回味无穷。

据《旧唐书》记载，温庭筠相貌奇特，有“温钟馗”的称号。想想大耳肉鼻的钟馗，和盛唐那些风流倜傥的才子们确实大相径庭。幸好温庭筠才华极高，倒也无惧相貌不好。上文说过，诗人善于押官韵作赋。官韵是什么呢？是科举时代官定韵书中的韵律。当时考试均以此为诗赋押韵的标准。善押官韵，就是善于考试。

温庭筠文思敏捷，搁今天就是学霸考神。每次考试，他总是迅速完成自己的试题——叉八次手确实不需要太多时间。诗人做完题，抬头一看，同学们还在苦思冥想、难以落笔。一个人只是自己考好，不算学霸；只有让同学们都考好，才是真学霸。我们的温同学是当之无愧的学霸，每逢考试都在考场上帮助同学答题。久而久之，温同学得到了“救数人”的称号，连主考官都有所耳闻。不知从什么时候开始，温同学每次都在考官那里挂号，得到重点关注。但学霸不会因为有压力，就放弃同学们。大中九年，沈询主持考试，他对温庭筠的大名早有耳闻，特意让温同学单独答卷，让监考官好生看管。尽管如此，试后还是发现，有八个考生的文章是温庭筠口授的。不过“助攻王”温庭筠在考场上的过度张扬，也是他始终无法金榜题名的原因之一。

仕途上迟迟不能取得进展，温庭筠只好醉心诗词，“山月不知心里事，水风空落眼前花”“过尽千帆皆不是，斜晖脉脉水悠悠”等既接地气又朗朗上口的诗句源源不断地被诗人创造出来。我们的故事本来要到此结束了，但峰回路转，诗人的生命里有了一段别样的插曲。

就在诗人的才华多年横扫长安城的时候，城里悄然出现了一位十三岁女童。这位女童名叫鱼幼薇，善于作诗，在京城文人中颇有名气。温庭筠听说后，决定会会这位小朋友，看看是不是真的会写诗。

诗人在一个暮春的午后，专程拜访了鱼家。在那里，诗人第一次见到活泼灵秀、眼眉带笑的鱼幼薇。美丽的鱼幼薇和破败的农家小院在一起显得格格不入，诗人不免产生怜爱之情。温庭筠婉转地表明来意，并请小幼薇以“江边柳”为题即兴作诗一首。

小幼薇双手托腮，稍加沉思，不一会儿就写出了一首遣词造句、平仄音韵和诗意气象俱佳的上乘律诗。诗句如下：

翠色连荒岸，烟姿入远楼；
影铺春水面，花落钓人头。
根老藏鱼窟，枝底系客舟；
萧萧风雨夜，惊梦复添愁。

温庭筠读完，心中暗暗欢喜。小幼薇确实写得极好，是名副其实的诗词神童，才华已经征服了名满京城的大诗人。温庭筠从此便经常出入鱼家，指点小幼薇作诗，不仅不收学费，反而帮衬鱼家。他和小幼薇的关系，既像师生，又如父女。不久，诗人离开长安，赴湖北任职，鱼幼薇思念远方的朋友，写下一首五言律诗，遥寄飞卿：

阶砌乱蛩鸣，庭柯烟雾清；
月中邻乐响，楼上远日明。
枕簟凉风著，谣琴寄恨生；

稽君懒书礼，底物慰秋情？

鱼幼薇情窦初开，早把一颗心放在才华卓绝的老师身上，终于勇敢地吐露了对他的相思之情。而温庭筠面对少女的爱情，动摇了，退缩了。也许是因为年龄的差距，也许是因为自己外貌丑陋。总之，温庭筠严格地把感情控制在师生的界限内，想把忘年恋扼杀在摇篮里。

始终得不到老师回应的鱼幼薇，只得将精力放在钻研诗词上。两年过去，鱼幼薇作诗的功力自是精进不少。后来，温庭筠回到长安，和鱼幼薇继续保持师生关系。

一日，鱼幼薇去崇祯观游览，见到新科进士深有感触，在观壁上题七绝一首：

云峰满月放春晴，历历银钩指下生；
自恨罗衣掩诗句，举头空羡榜中名。

上片抒发自己的雄才大志，下片叹息自己是女儿身，空有满腹诗书，却无法参加科举，无奈羡慕。几天后，贵公子李亿游览崇祯观，见到这首诗，大为赞叹，并且记住了鱼幼薇的名字。

之后，李亿拜访温庭筠的时候提起此事，温告知鱼幼薇的事迹，李亿心中甚是激动。温庭筠看在眼里，记在心里，暗中思付李亿二十出头，名门之后，在朝为官，前途无量，和鱼幼薇是天设地造的一对。于是，好心的温庭筠为李鱼二人撮合。最终，金童玉女般的二人在长安度过了一段令人心醉的美妙岁月。

可是在江陵，李亿还有个正房裴氏。这个裴氏生来彪悍，严令李亿接她赴京。李亿无奈之下只得离开鱼幼薇，回家接人。鱼幼薇早知李亿娶妻，通情达理，很大度地同意接来。尽管一路上李亿费劲心思劝说裴氏接受偏房鱼幼薇，但无奈裴氏心高气傲，硬是拒绝。裴氏到了长安，三天两头打骂鱼幼薇，并且要求李亿将鱼幼薇休了。窝囊的李亿熬不过悍妇裴氏，一纸休书递给了鱼幼薇。

李亿为了安置小鱼，在长安附近找了一所道观，将其送入，并对鱼幼薇发誓，日后一定会重逢。只是可惜，这又是“两情若是久长时，又岂在朝朝暮暮”的把戏。自此一别，李亿再未出现。

鱼幼薇进入道观后，出家改名鱼玄机，她就是与李冶、薛涛、刘采春并称唐代四大女诗人的那位鱼玄机。尽管李亿不见踪影，但鱼幼薇对他仍旧一往情深，写下许多怀念他的诗。据说，鱼幼薇最后因争锋吃醋打死婢女绿翘，为京兆尹温璋判杀，典刑时年仅二十七岁。在生命的最后时光，孤苦伶仃的鱼幼薇留下了“易求无价宝，难得有情郎”这一痛彻心扉的诗句。

人生无假设，时光难再回，不难想象如果温庭筠勇敢一些，接受鱼幼薇的爱情，后面会发生什么故事。只是不明白，一生都在写离情染相思的温庭筠怎么忍心让小幼薇难过受折磨呢？

写完这个故事，正逢下半夜，又碰巧悉尼在下雨。那么就引用温庭筠的词，作为本篇的结尾吧！

梧桐树，三更雨，不道离情正苦。一叶叶，一声声，空阶滴到明。

结语

人生如酒，醉到百花深处，风烟俱净；情至深处，却无法百毒不侵。

现代生活脚步匆忙，脉络繁杂，现代人的情感业已似万里加急，聚散难再两依依。谈一场风渐暖，花慢开，心意缓缓来的恋爱，在此时此刻似乎略显奢侈。

窗外霓虹闪烁，灯影陆离，情话万缕，一瞬痴迷，空气里费洛蒙弥漫，枕边人你姓甚名谁？几百年前无穷极的相思浓墨，在时光的巨流中，似已稀薄若无。木心诗中写道："从前慢，车、马、邮件都慢，一生只够爱一个人。"我们离从前确已太远，等待一个能够爱自己一生的人或许是个太贪心的念想，只得望月轻声叹："欲寄彩笺兼尺素，山长水阔知何处。"好想就此沉浸在诗词的幻境中，再也不出离这莺莺燕燕桃花源。

诗人的心里，爱恋是烟雨江南中的石桥莲步停相望，是塞外风雪里的执手相伴相依偎，是藕花深处的回眸一笑醉千里。诗词世界里，相思是圆了又缺的小楼明月，是遍倚栏杆的纤瘦清影，是暖风弄絮的杨柳水岸。词话之人间，离别最是说不尽，或是天涯路远，情深不寿；或是命途仓皇，死别生离；或是万般放下，云僧绝尘。

一个“情”字，流尽多少英雄泪，空耗多少美人光。千百年来，诗词歌赋，不论思慕恋人成迷，还是深爱江山社稷，无一不情，无一不是心之深沉悸动，肝肠之百转千回。“一向年光有限身，等闲离别易消魂”，习惯以爱相逢，习惯因爱别离，长大就是习惯说再见。

不知一生情几许，段段惹人忧思疾。诗词越读到心底，就越想了解背后的故事，才知道并非全部美好的辞藻都撰写着甜蜜，并非所有工整明丽的句子都不负曲折深情，并非一切山盟海誓都拥有值得落泪的真心。此时我们渴望着的情深莫负，白首不离，在几百年前诗人生活的时空里，一样是可遇不可求的生命体验，我们有过破碎的故事，他们也曾一样穿越过荒芜的岁月。

诗词无用，而无用，恰是一种美，而审美，是可以改变面貌人心的良药。

无论多少难解的愁怨离索，无论多少颠沛难堪，诗词留给了我们美的享受，一字一句，都是眼前风景，心内微光，给养着我们肆意生长的爱与渴望。古往今来，鱼儿渴水，叶儿渴光，你我渴爱的心未曾变过，诗人彼时一个清秋天，也许就能给你一个安逸的下午；词人那地遇过万树花开，也许成就你心里刹那幽香；才女倚窗远眺城门盼情郎，也许你的他就倏地跃入脑海吻遍你的思念。

愿你无论身处何方，步履多繁忙，总能有一段光阴被你所珍藏，落满芬芳。纵使世事无常，也依然深情活过，万丈光芒。

图书在版编目（CIP）数据

那人却在灯火阑珊处：说不尽的《人间词话》/ 张肖肖著 .
—北京：现代出版社，2017.4（2021.5重印）
ISBN 978-7-5143-4764-7

Ⅰ . ①那…　Ⅱ . ①张…　Ⅲ . ①词（文学）- 诗词研究
- 中国 - 古代 ②《人间词话》- 研究　Ⅳ . ① I207.23

中国版本图书馆 CIP 数据核字（2016）第 058514 号

那人却在灯火阑珊处：说不尽的《人间词话》

作　　者　张肖肖
责任编辑　赵海燕
出版发行　现代出版社
通信地址　北京市安定门外安华里 504 号
邮政编码　100011
电　　话　010-64267325　64245264（传真）
网　　址　www.1980xd.com
电子邮箱　xiandai@vip.sina.com
印　　刷　永清县晔盛亚胶印有限公司
开　　本　710mm × 1000mm　1/16
印　　张　16
版　　次　2017 年 4 月第 1 版　2021年 5 月第 5 次印刷
书　　号　ISBN 978-7-5143-4764-7
定　　价　45.00 元